Bloc 11

Piero Degli Antoni

Bloc 11

Traduit de l'italien
par Caroline Roptin

ÉDITIONS
FRANCE
LOISIRS

Titre original : *Blocco 11. Il bambino nazista*
publié par Newton Compton editori

Édition du Club France Loisirs,
avec l'autorisation des Éditions de l'Archipel.

Éditions France Loisirs,
123 boulevard de Grenelle, Paris.
www.franceloisirs.com

ISBN : 978-2-298-04532-1

À mon père, partisan sans idéologie,
qui a su rester du bon côté.

— Réveille-toi… réveille-toi, mon chéri…

Le vieil homme qui dormait près d'elle ouvrit péniblement les yeux.

— Mmm… qu'est-ce qu'il y a, *Libling* ?

— C'est l'heure de se lever… C'est aujourd'hui, tu te souviens ? Viens, je vais préparer le petit déjeuner.

La femme déplaça les couvertures pour se lever. Lorsqu'elle eut posé la plante de ses pieds sur le carrelage, elle se souleva sur un coude. Elle était vieille et fatiguée, et la manœuvre pour parvenir à se lever le matin exigeait d'elle de plus en plus d'énergie.

Elle resta assise quelques secondes, le temps que sa tête cesse de tourner et que son cœur se remette à battre normalement. Dans son dos, son mari était allongé, inerte, les yeux grands ouverts. Il attendait que coule, quelque part dans son corps, l'énergie nécessaire pour s'extraire du lit.

Elle compta mentalement « un… deux… trois… ». À dix, elle serait debout. Inexplicablement, elle se sentit traversée par une sensation d'apaisement. Elle s'en étonna, puis comprit : prendre son temps pour se lever était un luxe qu'elle n'avait pu se permettre pendant toute une partie de sa vie.

« Dix… » Elle prit une grande inspiration et se mit debout. Elle eut un bref vertige, mais put finalement faire un premier pas. Trois ou quatre autres, et elle s'appuya sur le rebord de la fenêtre. Derrière la vitre, elle pouvait contempler la rue de Brooklyn immergée dans une aube blafarde. Certes, la vue n'était pas splendide – maisons basses à deux étages, un bureau de tabac à l'angle, une école, là-bas, au fond, rien à voir avec la ligne d'horizon de Manhattan –, pourtant elle aimait ce petit monde, où elle savait que rien ne pouvait la menacer.

Elle se tourna vers le lit. Son mari bataillait avec les draps.

— Attends, je vais t'aider.

Elle fit le tour du lit et se pencha au-dessus de lui. Elle démêla les draps entortillés autour de ses pieds. Elle souleva ses chevilles toutes maigres et l'aida à poser les pieds par terre. Il s'assit et ils se retrouvèrent face à face. Ils se regardèrent dans les yeux et, l'espace d'un instant, elle vit passer cette lueur d'insolence qui l'avait séduite, des années plus tôt.

À présent, l'homme était assis, le dos courbé par l'âge. Sa veste de pyjama écossaise pendait mollement sur ses épaules. Elle se pencha pour le prendre sous les aisselles et l'aider à se lever, mais il la repoussa d'un geste.

— *A brokh!* Primo, je ne suis pas aussi décrépit, commença-t-il. Deuzio, le jour où je ne pourrai plus sortir de mon lit, appelle la police, dis que je suis un voyou qui voulait te violer et fais-moi abattre. Tertio, si tu continues à vouloir me porter, nous finirons tous les deux par terre.

La femme sourit en son for intérieur.

Fièrement cramponné à la tête de lit, son mari parvint à se hisser sur ses pieds.

— Je vais aux toilettes, annonça-t-il comme s'il s'agissait d'une déclaration de guerre.

Elle se dirigea vers la cuisine, une petite pièce qui pouvait à peine contenir une personne. Elle alluma le feu sous une casserole préparée la veille. Elle ouvrit une porte peinte en blanc – ils n'avaient pas changé la cuisine depuis les années cinquante – et prit de quoi mettre le couvert. Elle disposa le tout sur un plateau, qu'elle porta jusque dans la salle à manger, la plus belle pièce de l'appartement. Elle avait un plancher et un plafond orné de stucs. Le mur comptait trois fenêtres donnant sur le petit parc du quartier. Au centre était installée une table longue et étroite, digne d'un banquet de mariage, plus adaptée à un restaurant qu'à un appartement.

Traînant les pieds dans ses savates vertes, elle posa au centre de la table le plateau chargé de vaisselle, qu'elle se mit à disposer sur la nappe. C'étaient de vieilles gamelles en fer, oxydées par endroits et cabossées. De vieux reliquats. Elle les plaça l'une après l'autre selon un ordre précis. La première, la deuxième, la troisième… à la fin, elle en avait disposé dix. Elle contempla la table pour vérifier que la symétrie était minutieusement respectée, puis retourna à la cuisine. Elle regarda la casserole sur le feu. Une mixture noirâtre bouillait. La vieille femme la goûta à l'aide d'une cuillère et éteignit la flamme.

Elle ouvrit une petite armoire et en tira un gros sac en papier. Elle en sortit une miche de pain, qu'elle coupa laborieusement avec un couteau à dents : le pain était dur, peu appétissant. Elle le coupa en dix morceaux identiques, s'arrêtant pour contrôler l'épaisseur de chaque tranche. Elle mit le pain dans une corbeille et retourna dans la salle à manger. Elle accomplit de nouveau son périple autour de la table, disposant une part à côté de chaque gamelle.

Elle saisit la casserole de café et l'apporta dans la salle, vacillant à cause de son poids. À l'aide d'une vieille louche toute tordue, elle versa une bonne dose dans chacune des gamelles. Lorsqu'elle eut fini, le mari sortit de la salle de bains, propre et rasé, enveloppé dans un peignoir blanc.

— Tu as déjà tout préparé, constata-t-il, déçu de ne pas l'avoir aidée.

— Va t'habiller.

Peu après, l'homme reparut. Il portait un costume brun de laine légère. Son pantalon trop long touchait le sol. Les poignets de sa chemise dépassaient largement des manches de sa veste. Son costume, pourtant de bonne facture, était à présent élimé.

Ils s'installèrent l'un à côté de l'autre. Il était assis en bout de table, elle, à sa gauche.

L'homme coupa un morceau de pain dur et noir et le trempa dans son ersatz de café pour le ramollir. Les dents qui lui restaient n'étaient plus aussi bonnes qu'autrefois, mais il ne pouvait pas se faire à l'idée d'un dentier. Au fond de lui, il avait encore l'impression d'être ce jeune homme miraculeusement rescapé de l'enfer. Il mordit précautionneusement son quignon et l'avala avec difficulté. La femme fit de même.

Le reste de la table était désert. Des huit autres bols soigneusement disposés s'élevait un filet de vapeur, tandis que les huit tranches de pain attendaient d'être dévorées. L'homme avala une autre bouchée et but quelques cuillerées de café tandis qu'elle se contentait de manger des miettes. Ils prirent leur petit déjeuner dans un silence absorbé et sacré qu'ils n'auraient jamais osé briser. Leurs yeux étaient pensifs, traversés par des images lointaines et terribles.

Il s'écoula une dizaine de minutes, mais personne d'autre ne vint s'asseoir et les huit places demeurèrent vides. Plus aucune vapeur ne s'élevait des tasses : le liquide noir refroidissait. La femme contempla les gamelles vides et les miettes éparpillées sur la nappe.

— Tu as fini, *hartsenyu* ? lui demanda-t-elle.

Le mari opina, puis se leva.

— Tu te prépares ? demanda-t-il.

La femme secoua la tête.

— Ce matin, je suis fatiguée. Vas-y, toi. Dis au *rabbi* que je n'étais pas bien.

Il hésita, surpris de cette décision.

— Tu es sûre ?

— Vas-y. Je vais ranger un peu, peut-être prendre un bain. Je t'attends pour le déjeuner ?

Il ne fut pas certain qu'un point d'interrogation terminât la phrase, mais il acquiesça tout de même. Il enfila son manteau et son chapeau à larges bords ostensiblement démodé, auquel il était fidèle depuis trente ans.

Sur le seuil, comme chaque jour au cours des cinquante dernières années, ils se donnèrent une caresse réciproque sur la joue. L'homme sortit sans dire un mot.

Par le hublot de l'avion incliné, l'homme au costume bleu aperçut au-dessous de lui l'aéroport Kennedy, dans les moindres détails. L'air était limpide et pur comme rarement à New York. Le moment de l'atterrissage approchait et plus il approchait, plus l'homme – la soixantaine, d'aspect encore jeune, grand, blond, dégarni, des yeux bleus petits et pénétrants – sentait croître son inquiétude. Il avait parcouru plus de huit mille kilomètres. Pourtant, il aurait préféré repartir sans toucher terre. Mais ce n'était pas possible. Il savait qu'il devait poursuivre et conclure ce qu'il avait commencé plus d'un an auparavant.

Il devait... Oui, c'était une résolution plus forte que sa volonté. *Il devait.* Il devait aller à New York et il devait sonner à cette porte. S'il se dérobait, il savait qu'il n'aurait plus le courage de revenir et ne se le pardonnerait jamais. Il devait résoudre ce problème, qui remontait à plus de cinquante ans. Sans quoi il ne trouverait pas la paix.

Sa vie, un an plus tôt, avait été bouleversée par l'arrivée d'un paquet en provenance d'Allemagne. Jamais il n'aurait imaginé qu'un courrier à l'apparence aussi insignifiante pût provoquer un effet aussi violent. Un petit paquet – une boîte, à peine plus grande qu'un carton à chaussures – avait réussi à faire basculer son existence.

Beaucoup diraient que ce n'était pas sa faute. Qu'il était innocent. Et pourtant, il se sentait responsable, comme quelqu'un qui assiste à un meurtre et n'agit pas pour l'empêcher. D'une manière ou d'une autre, il devait expier et pensait avoir trouvé le bon moyen de le faire. Ce n'était pas sa faute à lui… tout le monde le lui avait répété, en premier lieu sa femme. Il n'y était pour rien, il était *innocent*. Mais il sentait que c'était faux. Il était qui il était, grâce à son père et à sa mère, *en bien et en mal*. Il ne pouvait pas prétendre ne posséder qu'un bon côté et occulter le mauvais. Soit on accepte son héritage, actif et passif, soit on le refuse. Lui l'avait accepté, et cela comprenait ce fardeau qui pesait sur sa conscience depuis un an. Il était venu jusqu'ici, à New York, pour essayer de solder une dette vieille de cinquante ans. Il ignorait s'il y parviendrait, mais il l'espérait.

L'avion se redressa et plongea vers la piste. Dans quelques minutes, il aurait atterri.

À la sortie de la synagogue, la lumière du soleil l'aveugla quelques instants. Les yeux plissés, il ne remarqua pas l'homme blond, en costume bleu, dont les pans de la veste s'agitaient au vent de l'autre côté de la rue. L'homme s'adressait à un juif orthodoxe portant la *kippa* et de longs *peot*. Lorsqu'ils l'aperçurent, l'orthodoxe leva un bras dans sa direction. L'homme blond sourit et le remercia. Le juif lui tourna le dos et s'en alla.

L'homme blond demeura immobile pour le regarder, mais lui ne s'aperçut de rien. Il reprit le chemin de la maison, méditant sur ce qu'avait dit le rabbin. La prière, dans la synagogue, ne lui avait pas procuré beaucoup de réconfort. Ses lèvres avaient murmuré des paroles, mais son esprit suivait un autre alphabet. Il avait l'impression que son cerveau essayait de s'enfuir, mais que quelque chose le tirait irrémédiablement en arrière, comme un chien qui se projette loin de sa niche mais est retenu par sa chaîne. Le ciel était bleu et pur, mais les rues étaient balayées par un vent glacial. Le même froid qu'à l'époque. On était en avril, et pourtant le printemps semblait encore loin. Il regarda autour de lui, indécis. Il s'arrêta. Rentrer à la maison ? Il n'en avait pas envie. Non pas à cause de sa femme, de sa chère et tendre *Libling*, mais à cause de cet irrésistible élan qui le poussait à fuir. Surtout à se fuir.

Il entendit la sirène d'un remorqueur, dans la baie, et il lui vint soudain une idée : une promenade en bateau, comme un touriste. À quand remontait sa dernière promenade en bateau ? Avait-il jamais pris un bateau ? Les premières années à New York n'avaient pas été faciles et ensuite… ensuite il avait toujours eu d'autres choses en tête. Une promenade en bateau, c'était une bonne idée ! Enhardi par cette perspective, il leva le bras pour arrêter un taxi. Un quart d'heure plus tard, il se trouvait au Pier 83. Il sortit de la voiture avec difficulté mais arrêta, d'un geste impérieux de la main, le chauffeur qui voulait l'aider. Sitôt dehors, il releva la tête. Il avait de la chance : un bateau était accosté et quelques passagers embarquaient. Le départ semblait imminent.

Il acheta un billet au guichet aménagé, sur le quai, dans un kiosque de bois blanc et se dirigea vers le bateau aussi vite qu'il put.

— On part dans dix minutes, l'informa le marin en déchirant son billet.

Il s'installa sur le pont supérieur, à l'extérieur. Il resserra sur lui sa veste trop légère. Il allait faire froid, mais il ne voulait pas manquer le spectacle d'une matinée aussi merveilleuse. Le soleil, l'air limpide : voilà ce qu'il fallait pour lutter contre les mauvaises pensées. Les sièges en plastique vissés au sol étaient presque tous inoccupés. Seul un groupe de jeunes gens, peut-être des touristes étrangers, chahutait une dizaine de mètres plus loin.

Quelques minutes plus tard, le bateau se mit en mouvement dans une accélération rauque de ses moteurs Diesel. Un nuage de fumée noire et malodorante les enveloppa un court instant puis le vent dispersa toute trace des gaz.

Le bateau se trouvait à présent au milieu de la baie. En s'éloignant de la rive, il offrait un changement graduel mais continu de perspective. Au fur et à mesure que la distance augmentait, la silhouette de la ville s'enrichissait de détails, tel un énorme puzzle que l'on compose pièce après pièce. L'atmosphère et la vue contribuèrent à le rasséréner. Il se sentait en paix.

Le bateau changea de cap et se dirigea vers la statue de la Liberté. Le vent soufflait dans son dos.

— … zen…

Les rafales rapportaient des bribes de conversation des jeunes gens assis derrière lui.

— … sch… eutz…

Il voulut les ignorer, mais ces syllabes perdues dans le vent pénétraient en lui. Il s'efforça de résister, de les effacer de ses oreilles et de son esprit jusqu'à ce que…

— *Mützen ab!*

Moshe blêmit brusquement. Son cœur s'arrêta d'un coup, comme un piston rouillé.

— *Mützen ab!*

Une cascade de rires parvint à ses oreilles mais se heurta à l'expression bouleversée du vieil homme. Ahuri, il se retourna lentement. Les jeunes gens se poussaient, criaient, riaient. L'un d'entre eux, plus gros que les autres, tendit le bras au-dessus d'un autre, saisit son bonnet et indiqua la statue de la Liberté.

— *Mützen ab!* cria-t-il, avant d'éclater d'un rire retentissant.

Le vieil homme s'affala sur son siège et posa ses mains sur ses oreilles pour ne pas entendre. *Mützen ab, Mützen ab, Mützen ab…* Il serra les dents et ferma les yeux, mais les syllabes ne voulaient plus le quitter. Elles l'agrippèrent dans leurs serres et le précipitèrent en arrière, de plus en plus loin, dans le gouffre profond du passé…

— *Mützen ab !*

L'homme regardait avec angoisse le sous-officier, désireux d'obéir aux ordres mais incapable de comprendre ce qu'il devait faire. La réaction fut immédiate : du dos de la main, le SS frappa son bonnet et le fit voler.

— *Mützen ab !* hurla-t-il une fois encore, en pleine face.

Puis il saisit la matraque qu'il portait à la ceinture et la leva au-dessus de sa tête, prêt à lui asséner un coup fatal.

— *Herr Oberscharführer*[1], *einen Moment, bitte*, intervint une voix dans le dos du soldat.

Ce dernier se retourna, incrédule. Personne n'aurait jamais osé interférer… Mais dès qu'il aperçut celui qui l'avait appelé, le visage du SS s'illumina.

— Ah, c'est toi, Moshe…

Le prisonnier, pas très grand ni particulièrement robuste, répondit avec un sourire effronté d'enfant. N'étant pas autorisé à sortir de la file d'appel, il attendit que le sous-officier approchât. Le soldat jeta un coup d'œil au prisonnier qu'il s'apprêtait à frapper puis abaissa sa matraque.

1. Les termes en italique suivis d'un astérisque sont explicités dans le glossaire en fin d'ouvrage.

— *Enlève ton bonnet, imbécile !* murmura Moshe à l'adresse de l'autre prisonnier.

— Qu'est-ce que tu lui as dit ? demanda le SS, suspicieux.

— Que *Mützen ab* signifie « Enlève ton bonnet » et qu'il s'en souvienne pour la prochaine fois.

— Ces Français sont *Scheiße*. Ils ont tous la syphilis qui leur mange le cerveau.

Moshe haussa les épaules.

— Ce n'est pas leur faute. Qu'est-ce qui te viendrait à l'esprit, à toi, si tu avais la tour Eiffel sous les yeux tous les jours ?

Le SS éclata de rire. Moshe tira rapidement un petit objet de sous sa casaque à rayures.

— Regarde..., dit-il à voix basse en entrouvrant la main.

Le SS blêmit de surprise.

— Où as-tu pris cela ?

— Secret professionnel.

— Tu sais que je pourrais te faire fusiller pour ça ? Je parie que tu as *organisé** cela au *Kanada**...

Moshe écarta les doigts afin que le SS pût prendre le petit cylindre brun. Ce dernier s'en saisit et le porta à ses narines. Il renifla rapidement puis le cacha dans la poche de sa veste.

— Un vrai Montecristo... Pourquoi ne le fumes-tu pas, toi ?

— Primo, parce que son arôme est trop fort. Deuzio, je préfère les cigarettes. Tertio, je me ferais trop remarquer si je fumais un cigare, tu ne crois pas ? C'est pour ça que j'ai pensé à toi.

Le SS pivota sur ses talons et retourna auprès du prisonnier français qui se mit à trembler de terreur.

— Quand je dis *Mützen ab*, tu dois enlever ton bonnet, compris ? hurla-t-il.

L'autre opina désespérément, sans comprendre un mot. Le SS le dévisagea avec suspicion, saisit sa matraque et lui asséna froidement un coup dans le dos. Le Français encaissa avec un rictus de douleur.

— Très bien. Je suis sûr que tu as compris, dit le soldat. Si tu n'obéis pas, la prochaine fois, je te ferai sortir le cerveau par les oreilles.

L'homme attendit que le SS fût suffisamment loin pour se tourner vers Moshe avec un sourire déformé par la douleur.

— Merci ! murmura-t-il.

— Ne te fais pas d'illusion, répondit Moshe en français, sans le regarder. Tu aurais mérité qu'il t'éclate la cervelle. Seul un imbécile ignore que *Mützen ab* est la première chose à apprendre ici. Les Schleus y tiennent, à leurs salutations. Enlevez votre bonnet, mettez votre bonnet, mettez votre bonnet, enlevez votre bonnet… Ils en sont fous. Et on doit obéir. Quoi qu'il en soit, je suis intervenu seulement parce qu'il aurait repris l'*Appelzahl** depuis le début et que cela fait déjà des heures qu'on est ici.

Les allées passant devant les blocs étaient occupées par des milliers d'hommes. Le soleil se couchait et les gardiens, en haut des tours, avaient déjà allumé les projecteurs. Les faisceaux de lumière éclairaient comme en plein jour la foule des prisonniers, placés de façon géométrique. Les squelettes recouverts de peau – les yeux sortaient de leurs orbites creuses, le regard vide et absent – étaient ceux qu'on appelait les *musulmans**. À peine un étage au-dessus, sur l'échelle de la survie humaine, les corps étaient terriblement maigres, avec néanmoins un filet de chair çà et là. Tous étaient affublés d'un uniforme à rayures – ou de vêtements civils avec une pièce zébrée cousue dans le dos, les cheveux arrachés à la racine par des tondeuses et, aux pieds, des galoches de toutes sortes, parfois dépareillées, couvertes de boue et de glace. Depuis trois heures, fouettés par le vent glacial bien que l'on fût déjà en avril, ils étaient debout, immobiles, tandis que les *kapos** les comptaient et les recomptaient. Chaque fois, ils rapportaient en tremblant le résultat aux officiers SS. Et chaque fois, les *kapos* étaient renvoyés et contraints de recommencer à zéro.

Malgré la fatigue, la faim, la soif, le froid, l'engourdissement des mains, personne n'osait bouger. Il fallait attendre dans une immobilité absolue. Tout à coup, quelques rangées derrière Moshe, un vieil homme s'écroula sur le sol. Moshe se retourna pour jeter un bref coup d'œil puis reprit sa position. Le *Prominent** et ses assistants accoururent en un éclair. Avec brusquerie, ils remirent sur pied le pauvre homme. Mais le vieux vacillait et finit par retomber. De nouveau, les *kapos* le soulevèrent en le prenant sous les aisselles et lui donnèrent des coups sur les fesses. Le vieillard parvint à se mettre à genoux mais pas à tenir debout. Les *kapos* lui hurlaient dessus et le frappaient sans arrêt. L'homme encaissait les coups sans réagir.

Tout à coup, un SS fonça droit sur eux. Moshe le connaissait bien et l'évitait : ce n'était pas un soldat que l'on pouvait acheter avec des cigarettes, une montre en or, une culotte en soie à offrir aux prostituées du camp. C'était un nazi exalté, sans aucune trace d'humanité.

L'Allemand poussa les *kapos* pour les éloigner, saisit la canne qu'il tenait à la ceinture – un élégant bâton de bois sombre, historié, ayant probablement appartenu à quelque riche juif et dérobé au *Kanada* – et la leva au-dessus de la tête du vieil homme, prêt à frapper. Moshe suivait la scène du coin de l'œil, grâce à d'imperceptibles mouvements de tête. L'*Unterscharführer** s'arrêta net au dernier moment :

quelque chose ou quelqu'un l'avait distrait. Il baissa lentement la canne et se tourna vers celui qui se trouvait dans la rangée à côté du vieux.

— Toi, dit-il.

Il s'adressait à un jeune homme qui ne pouvait pas avoir plus de dix-huit ans, peut-être même moins : nombreux étaient ceux qui se vieillissaient pour échapper au *Kremchy**. Le garçon se tourna vers le soldat en essayant de garder une expression la plus neutre possible.

— Toi, répéta le SS, tu es son fils, n'est-ce pas ?

La question provoqua un imperceptible changement sur les traits du garçon. Un éclair de surprise traversa son visage.

— Oui, *mein Herr*.

— Alors, prends ça !

Le SS tendit la canne juste devant son visage. Le garçon hésitait.

— Prends ! ordonna de nouveau le soldat.

Le garçon tendit timidement la main, effleurant à peine la poignée.

— Prends !

Le garçon obéit. Il prit la canne comme s'il s'agissait d'un outil qu'il ne connaissait pas. Il fixait le SS d'un air interrogatif.

— Et maintenant, frappe-le.

Le garçon comprit soudain. Le SS désignait son père, agenouillé à côté de lui.

— Frappe-le !

Le garçon regarda autour de lui, cherchant une aide qui ne pouvait venir. Les autres déportés restèrent immobiles, le regard vide. L'un des deux *kapos* ricana sans retenue. Le seul bruit que l'on entendait dans les allées était le sifflement du vent.

— Frappe-le !

Le vieil homme avait repris contact avec la réalité. Il comprenait la situation. Dans un effort surhumain, il parvint à se lever, sous le regard silencieux du SS, des *kapos*, de ceux qui se trouvaient tout autour. Il vibrait au vent comme une lame de métal et semblait sur le point de s'écrouler de nouveau, mais il parvint à résister.

Le SS fixait le père et le fils, surpris par ce tour imprévu. Il ne savait que faire. Puis il tendit sa main ouverte.

— La canne. Rends-la-moi.

Le garçon desserra la main de sorte que l'autre pût récupérer son arme. Sans produire aucun son, les prisonniers exhalèrent, tous au même moment, un soupir de soulagement.

L'Allemand soupesa sa canne en donnant des coups lents et inoffensifs sur la paume de sa main. Puis il regarda le vieil homme.

— Prends-la, ordonna-t-il en lui tendant le bout de bois.

L'homme avait de la peine à rester debout, tremblait et avait le regard éteint.

— Prends-la !

Le vieil homme pencha la tête, l'air interrogatif. Puis il trouva la force d'empoigner la canne tendue.

— Et maintenant, frappe-le, ordonna le SS en désignant son fils.

Le vieil homme n'en croyait pas ses oreilles. Il écarquilla les yeux.

— Il a désobéi à l'ordre d'un SS. Frappe-le !

Le vieil homme marmonna quelque chose que Moshe ne comprit pas.

— Frappe-le ! hurla le SS.

Le vieil homme souleva comme il pouvait la canne et asséna un faible coup sur le dos du garçon. Puis il relâcha les bras le long de son corps, inerte. Ailleurs, à un autre moment, il aurait pleuré. Mais toutes ses larmes s'étaient taries depuis longtemps. Moshe n'avait jamais vu quelqu'un pleurer dans le camp.

— Frappe-le !

C'est alors que le garçon se fit entendre.

— Frappe-moi, papa. Vas-y, frappe-moi, n'aie pas peur !

Le vieil homme sanglotait. La canne pendait au bout de sa main, inoffensive.

Le SS tira son pistolet de son étui et le pointa sur la tête du père.

— Frappe-le !

Le SS avait perdu le contrôle. Il hurlait comme un damné.

Moshe détourna le regard. Quelques secondes plus tard, il entendit un coup de feu. Silence. Un autre coup de feu.

La voix du SS s'était calmée, à présent. Il s'adressait aux *kapos*.

— Emmenez-les… Appelez ceux du *HKB**.

Le *kapo* et ses assistants saisirent les corps par les bras et les jambes et les emmenèrent. Personne ne regarda. Même les prisonniers les plus proches du vieil homme étaient restés immobiles, sans tourner la tête. L'un d'eux avait reçu une giclée de sang sur son crâne rasé. La goutte coulait lentement sur son front, mais il n'osait pas s'essuyer. Durant l'appel, il fallait rester immobile, quoi qu'il arrivât.

— Ils sont furieux, ces Schleus, murmura Moshe sans se retourner à l'adresse de son voisin, un Juif de Salonique.

— Il paraît que trois prisonniers se sont évadés, répondit l'autre sans ouvrir la bouche.

Dans le *KZ**, on apprenait à devenir ventriloque.

— Oui, c'est ce qu'on dit. On est mal barrés. Il paraît qu'ils se sont échappés de notre baraquement.

— Des fous… Des criminels… Des inconscients…, les insulta le Grec dans sa langue, toujours sans desserrer les lèvres. Ils devaient bien se douter qu'ils nous le feraient payer.

Moshe haussa les épaules.

— Ils ont essayé de s'en sortir, comme nous tous, ici. Si tu en avais l'occasion, tu ne ferais pas la même chose ?

Le Grec se tut, agacé. Il ressassait. Le fil de ses pensées fut interrompu par le son prolongé et déchirant d'une sirène. Le hululement augmenta jusqu'à une note suraiguë, se prolongea pendant quelques minutes, puis s'éteignit. Moshe sourit, il savait ce que cela signifiait. Le camp s'anima soudain : des centaines de SS surgirent en courant de tous côtés, accompagnés par les aboiements des chiens.

— Regarde, dit encore Moshe, le grand chef arrive.

Le *Sturmbannführer**, à la tête du *KZ*, descendit d'une Opel et se posta à l'endroit où, chaque fois qu'on entrait et sortait du camp, un orchestre jouait. L'officier monta sur le petit podium de bois du chef d'orchestre et jeta un coup d'œil sur l'étendue infinie des hommes immobiles au-dessous de lui. Il n'y avait aucun amplificateur, mais le silence et le vent se chargeaient de faire parvenir le son de sa voix jusqu'aux dernières rangées.

— Il manque trois prisonniers à l'appel. Nous avons de bonnes raisons de croire qu'ils ont tenté de s'évader. Si nous les prenons, ils seront tués. Si nous ne les retrouvons pas, nous considérerons comme responsables ceux qui auraient dû nous avertir et ne l'ont pas fait. Ils seront fusillés à leur place. Cela servira d'exemple à tous ceux qui seraient tentés de les imiter. Vous devez comprendre que s'évader d'ici revient à provoquer la mort de ses propres compagnons.

— Sales porcs, murmura le Grec.

Moshe ne comprit pas s'il se référait aux Allemands ou aux fugitifs.

Le *Sturmbannführer* descendit rapidement du podium, se glissa dans l'Opel et disparut. Le *KZ* était parcouru par une activité frénétique : en cas d'évasion, on mettait également en fonction les miradors d'enceinte, d'ordinaire dégarnis. Durant trois jours et trois nuits, le camp, éclairé comme en plein jour, allait être fouillé dans les moindres recoins, ses moindres anfractuosités. La chasse aux évadés avait commencé.

— *Absperren*!*

L'appel était terminé. Les déportés purent regagner leurs baraquements. Ils glissaient en traînant laborieusement leurs galoches, qui s'enfonçaient à chaque pas dans la boue. Il fallait les arracher à la bourbe qui les aspirait. L'effort était tel pour les soulever, que les pieds se couvraient de plaies et de phlegmons. Il aurait été plus simple d'aller pieds nus, mais les SS n'auraient pas manqué de punir sévèrement ceux qui s'y seraient risqués.

Moshe s'était procuré au *Kanada* une paire de précieuses chaussures en cuir et marchait tranquillement à côté du Grec qui, lui, avançait avec difficulté.

— Aristarchos, sais-tu qui s'est évadé ?

Le Grec lâcha un juron, sans rien ajouter d'autre.

Ils revinrent en silence au bloc 24. Ils se séparèrent pour regagner leur couche respective dans un frottement frénétique de corps.

Moshe s'allongea sur sa paillasse, à l'étage inférieur. La couche avait une odeur nauséabonde, car souvent les *musulmans* des étages supérieurs ne parvenaient pas à se retenir et urinaient ou déféquaient pendant la nuit. C'était l'un des inconvénients lorsqu'on occupait l'étage inférieur. Par contre, on pouvait se lever tranquillement, la nuit, pour aller éliminer aux toilettes toute l'eau ingurgitée avec la soupe. De plus, on était les premiers à arriver au *Wasserraum** pour le symbolique lavage quotidien, évitant ainsi les coups de bâton des *Blockältesten**. En peu de temps, le baraquement 24 se remplit jusqu'à la limite du supportable et la chaleur humide des hommes commença à diffuser une tiédeur palpable.

Au cours des dernières semaines, au fur et à mesure que les troupes russes approchaient, l'ordinaire avait empiré. La *Wassersuppe** était de plus en plus aqueuse, et il restait peu de morceaux de navets ou de pommes de terre dans le fond. Lorsqu'un morceau de viande flottait à la surface, un frisson serpentait parmi les déportés faisant la queue avec leur gamelle. L'origine de ces morceaux était suspecte et beaucoup n'osaient même pas en imaginer la provenance.

Moshe entendit sonner la cloche qui rythmait la journée du *KZ*. La soupe serait bientôt servie. C'est pourquoi il ne fut pas surpris d'entendre la porte s'ouvrir. Mais au lieu des assistants du *kapo* apportant les marmites habituelles, trois SS firent leur entrée.

— *Aufstehen* !*

Les prisonniers quittèrent précipitamment leurs lits et s'immobilisèrent.

Un *Untersturmführer** sortit une feuille de la poche de sa veste et la déplia. Il se mit à égrener des matricules d'une voix atone.

— A-7713…

Le SS lisait sa liste dans un silence absolu. Les déportés savaient bien ce que cela signifiait. Moshe écoutait avec un intérêt détaché, ses trafics incessants le rendaient indispensable, donc intouchable. Au fur et à mesure que les matricules défilaient, il essayait d'identifier les hommes qu'ils désignaient. Il connaissait beaucoup d'entre eux et repérait les autres à leur réaction. On avait appelé Elias, un rabbin polonais profondément croyant, qui avait refusé la nourriture – le bien le plus précieux qui existât au *KZ* – durant Yom Kippour. Jan, un *musulman* incroyablement âgé qui s'attendait probablement à être bientôt rappelé. Otto, un *triangle rouge** petit et trapu, jouissant d'un certain respect et qui, au cours des éphémères périodes de repos – un dimanche après-midi sur deux – ne manquait pas une occasion de parler de révolution et de prolétariat. Puis Berkovitz, grand, mince, au regard à la fois pénétrant et détaché, un Juif qu'on disait très riche. Il avait trouvé le moyen de garder ses lunettes rondes en métal. Puis on entendit le numéro d'un prisonnier tout juste arrivé, que Moshe ne connaissait pas, un jeune homme grand et étique.

Alors, le SS eut l'air de s'arrêter, comme s'il ne parvenait pas à lire. Il n'y avait presque plus de lumière dans le baraquement.

— 116.125…

C'était le numéro d'Aristarchos ! Moshe se tourna vers le Grec. Son visage s'était métamorphosé à cause de la stupeur, qui se mua rapidement en désespoir. Aristarchos se tourna vers lui, comme pour lui demander de l'aide, ou peut-être une explication. Mais il n'en eut pas le temps : les trois numéros suivants bouleversèrent Moshe.

Le premier correspondait à l'assistant du *kapo*, Alexey, un criminel de droit commun ukrainien, cruel et violent, qui prenait plaisir à écraser les détenus. Il était grand et encore robuste, grâce aux rations qu'il volait aux *musulmans*. Moshe s'en étonna mais pas trop : les *Blockältesten* et les *Stubenältesten** vivaient dans une situation précaire. Ils jouissaient de certains avantages – meilleure nourriture, pas de corvées – mais devaient en échange assurer pour le compte des SS une discipline parfaite, fondée sur la terreur. À la moindre erreur ou au moindre manquement, ils étaient remplacés, punis ou, dans les cas les plus graves – dont faisait partie l'évasion d'un prisonnier –, mis à mort. Même les kapos animés des meilleures intentions étaient contraints de devenir féroces.

Le neuvième matricule était celui d'un chef de bloc, un *triangle vert** lui aussi, froid et calculateur, avec lequel Moshe avait réussi à mettre sur pied des échanges fructueux. Il ne s'étonna pas de ce choix : après son assistant, il était évident qu'on le sélectionnerait lui aussi.

Mais ce fut le dernier numéro qui le secoua le plus.

— 76.723…

Moshe Sirovich.

Il n'eut pas le temps de réfléchir. Le SS ordonna à ceux qui avaient été appelés de se ranger en file. Ils obéirent. S'enfuir n'était même pas imaginable.

Ils sortirent en marchant deux par deux. L'officier était en tête du groupe, deux autres SS fermaient le triste cortège. Ils se dirigèrent vers la zone du camp où se dressait le tristement célèbre bloc 11. Ils y retrouvèrent deux autres gardiens qui conduisaient un prisonnier provenant d'un autre baraquement. Dans la pénombre, Moshe eut l'impression de le reconnaître : Jiri, un *triangle rose** à la réputation équivoque, que l'on avait vu quelquefois s'isoler avec certains *Blockältester*. Petit, le teint mat, le corps glabre, il se déplaçait avec une démarche chaloupée et ambiguë.

Moshe craignait de finir dans l'une des cellules de punition installées sous les escaliers menant aux souterrains. À peine plus grandes qu'une niche, elles étaient trop étroites pour s'y étendre et trop basses pour y tenir debout. Si tout allait bien, on avait droit à une écuelle de soupe par jour. Peu ou pas d'eau. Pas de lumière. Pas de toilettes : le prisonnier vivait dans ses excréments. Avec un soupir de soulagement, il comprit qu'on l'enfermait dans l'une des autres cellules, à peine plus grandes, dotées d'un trou grillagé laissant pénétrer un filet de lumière. D'habitude, les SS entassaient plusieurs prisonniers dans une seule cellule, cette fois, on les sépara. Il s'agissait visiblement d'une stratégie du commandant : peut-être ne voulait-il pas que les éventuels complices des fugitifs s'accordent entre eux sur une version des faits. À moins qu'il ne s'agît d'un hasard…

Moshe avait l'impression d'avoir acheté, par ses faveurs, la bienveillance des SS, des *Blockältester*, des kapos. Il prenait tout à coup conscience qu'il ne s'agissait que d'une illusion.

Il savait qu'il n'existait qu'une façon de sortir du bloc 11. Mort.

Le commandant sortit de l'Opel, ouvrit la porte de la maison et monta dans la mansarde qu'il avait aménagée en bureau. Le parquet grinçait à chaque pas. Les murs étaient recouverts d'une tapisserie à fleurs qui ondulait dans les coins. L'ameublement se composait d'une table Biedermeier, d'une pendule et de quelques chaises de style. Un échiquier était posé sur la table.

Il se posta devant la fenêtre. De ce point d'observation, il jouissait d'une vue panoramique sur le camp. Il avait besoin de silence et de solitude pour éliminer la tension accumulée au cours de la matinée. Le ciel était plombé. Pourtant, d'après le calendrier, le printemps approchait. En de tels moments, il éprouvait une profonde nostalgie pour le soleil de la Bavière et ses montagnes étincelantes. La guerre-éclair que le Führer avait promise s'éternisait au-delà de toutes les prévisions.

Breitner entendit un bruit derrière lui et sc rctourna d'un coup. C'était Frieda, sa femme. Petite mais bien proportionnée, cheveux blond cendré, elle portait une robe de gabardine marron sous le genou et une paire de chaussures à brides et à talons. Sur sa poitrine était fixé l'insigne du Parti. Le commandant lui adressa un sourire et se remit à regarder par la fenêtre. Elle s'approcha derrière lui et l'enlaça.

— Que s'est-il passé ?

Breitner demeura silencieux quelques instants. Il n'avait pas envie de reconnaître le revers qu'il venait de subir. Mais il ne pouvait pas garder indéfiniment le silence.

— Il semble que trois prisonniers se soient évadés.

D'un geste énergique, Frieda l'obligea à se retourner. Son regard était ardent.

— Évadés ? Mais comment ont-ils fait ?...

— Nous ne le savons pas encore. Si nous ne les trouvons pas, nous ferons fusiller dix *Stücke**.

Frieda était visiblement ébranlée.

— Il y a déjà eu plusieurs évasions, cette année. Le *Reichsführer** ne sera pas content...

— En ce moment, ils ont d'autres préoccupations, à Berlin.

La femme se mordillait la lèvre, aux prises avec des sensations désagréables.

— Tu as toujours bien fait ton travail, mais c'est une période délicate, tu sais... Ils étaient juifs ?

— Des *triangles rouges.*

L'expression de Frieda se rasséréna.

— Tu as eu d'autres nouvelles ?

— Le front oriental avance. Hier soir, j'ai parlé avec un officier de la Wehrmacht et, d'après eux, nous ne tiendrons pas jusqu'à la fin de l'année...

— Ne dis pas cela !

Le visage de Frieda s'était empourpré.

— Ne le pense même pas ! Le Führer nous conduira à la victoire finale. Comment peux-tu en douter ? Il s'agit seulement d'une retraite stratégique pour préparer la contre-offensive. N'as-tu pas lu ce qu'a dit Goebbels dans le

Völkischer Beobachter ? Nos usines sont en train de fabriquer de nouvelles armes mortelles. Avant la fin de l'année, nous entrerons à Moscou ! De l'Oural à l'Atlantique, nous pourrons enfin connaître la Grande Allemagne !

— Certes, Frieda. Mais il y a des moments où…

— Tu préférerais retourner travailler à Munich, dans l'atelier de cette ordure de Steinman ? As-tu oublié ce que ces usuriers juifs t'ont fait ?

Ses yeux vomissaient des gerbes de haine.

— As-tu oublié la façon dont ton père s'est endetté jusqu'au cou auprès d'eux et comment ils ont continué à lui prêter de l'argent, encore et encore, pour mieux le coincer ?

Breitner se rappelait parfaitement la magnifique villa de Munich dans laquelle il avait passé son enfance, les grandes fêtes que ses parents donnaient chaque soir, avec des dizaines d'invités et des caisses de champagne au frais. Derrière la porte entrebâillée, il observait le scintillement magique des réceptions et croyait qu'il aurait toujours une existence facile. Maman et papa étaient tellement beaux…

— Et tu te souviens de ce que les Juifs ont fait à ton père ?

Comment aurait-il pu l'oublier ? Un matin, un officier de police judiciaire était venu et avait tout saisi. Ils avaient ensuite perdu la maison, puis la brasserie. Plus tard seulement, Karl avait découvert que son père s'était endetté de façon irrationnelle pour maintenir leur train de vie, au moment où la République de Weimar s'effondrait. Deux années après avoir tout perdu – maison, argent, usine –, alors qu'ils vivaient dans un appartement sordide de la banlieue, le père de Breitner s'était suicidé d'un coup de revolver dans la bouche.

— Tout est leur faute, à ces Juifs ! Ils t'ont obligé à travailler dans cet atelier crasseux. Tout en prétendant t'accorder une fleur, en plus ! « Monsieur Breitner, nous sommes désolé de ce qui est arrivé à votre père, vraiment désolé… » Frieda singeait l'homme d'une voix geignarde et hypocrite. « Si cela vous intéresse, vous pourriez mettre à profit vos études… Ce n'est pas grand-chose pour une personne instruite comme vous, mais… » Douze heures par jour assis à un bureau, à faire des comptes, pendant qu'eux menaient la belle vie dans notre dos ! Mais maintenant, c'est fini ! Tu as enfin ce que tu mérites. N'oublie pas qu'à Munich il n'y a qu'un misérable deux-pièces qui nous attend…

Elle fit glisser sur son poignet le bracelet de brillants qui avait disparu sous la manche de sa robe. Elle l'observa avec une lueur de regret, comme si elle devait s'en séparer sur-le-champ.

— Ici, nous avons deux jardiniers, trois femmes de chambre, une gouvernante. Tous les samedis soir, nous donnons une réception pour les officiers du camp, où le champagne coule à flots. Pourrais-tu t'offrir tout cela à Munich, Karl ? N'oublie pas. N'oublie pas ce qu'ils ont fait à ton père. C'est aussi *pour cela* que nous devons gagner. Pour donner un avenir à notre fils. Lui pourra profiter de la paix et de la prospérité que nous lui procurerons.

Les yeux de Frieda flamboyaient. Breitner l'enlaça tendrement. Ils s'embrassèrent.

Elle avait raison. Il ne fallait pas penser aux discours défaitistes de ces idiots de la Wehrmacht. Il ne faisait aucun doute que le Führer les conduirait à la victoire finale. Il devait simplement contrôler ses nerfs dans les moments difficiles. Rien ne pouvait s'opposer à la puissance du

Troisième Reich. Il suffisait d'obéir aux ordres et tout irait bien.

Au bout de quelques instants, Breitner desserra son étreinte.

— Tu m'attendais pour dîner ? Alors allons-y, il est presque 22 heures.

Le visage de Frieda s'éclaira d'un sourire radieux. Elle le prit par le bras et ils se dirigèrent ensemble vers l'escalier.

— J'ai fait préparer ton plat préféré, des boulettes de viande en sauce. Tu dois avoir faim, mon chéri, avec toute cette pagaille. Ces trois crétins évadés auront même retardé notre dîner.

Pendant trois jours, Moshe, enterré vivant dans le bloc 11, ne sut à quoi s'en tenir. L'évasion d'un prisonnier le réjouissait, en particulier parce qu'elle avait des airs de farce jouée aux dépens des invincibles SS. Les Allemands étaient imbattables en matière d'organisation et de discipline. Aussi étaient-ils terriblement mal préparés à affronter les aléas de la fantaisie. Mais il savait, par ailleurs, que la seule possibilité de salut résidait précisément dans la capture des fugitifs. Dans ce cas, les dix otages seraient peut-être libérés. Ou peut-être que non : les SS décidaient parfois selon les caprices du hasard. Il n'existait pas de tribunal pour faire appel.

Durant cette période, Moshe vécut en se fiant à un seul sens : l'ouïe. À travers les murs de briques, il essayait de capter des bruits susceptibles de lui donner des indices sur le déroulement des recherches. De temps en temps, il parvenait à saisir le bruit des pas, l'aboiement des chiens ou un ordre hurlé à pleins poumons. Il était difficile d'évaluer le temps qui passait : pour distinguer les journées, on ne pouvait se fier qu'à la distribution de la soupe. Première écuelle, deuxième écuelle, troisième écuelle… Soudain, il lui sembla percevoir clairement un appel.

— Quittez les postes de garde !

Le cri se répéta de plus en plus fort, puis s'éloigna en s'affaiblissant. L'ordre avait été donné aux gardes des tours les plus proches du commandement et les surveillants relayaient ensuite le message dans l'ensemble du camp. Les tours de surveillance externes étaient abandonnées. C'était la déclaration d'une défaite, du moins momentanée. Les SS du *KZ* abandonnaient la recherche des fugitifs et reprenaient la surveillance habituelle. Mais la zone était occupée par les SS et l'armée, et il serait difficile aux évadés de regagner le gouvernorat sans tomber sur une patrouille. De plus, de nombreux Polonais étaient antisémites : ils dénonceraient aisément aux autorités allemandes des prisonniers juifs en fuite.

Moshe n'avait pas eu le temps de réfléchir à son avenir lorsque la porte de la cellule s'ouvrit. Apparut un SS, qui grimaça à cause de l'odeur fétide émanant de la minuscule pièce.

— *Los !* Dehors !

Moshe dut fermer les yeux en sortant, à cause de la violente lumière de fin d'après-midi, à laquelle il n'était plus habitué. Quand ses pupilles se furent adaptées, il reconnut les neuf autres condamnés autour de lui. Ils avaient tous une expression épouvantée, à part le kapo et Jan, dont les visages affichaient une expression indéchiffrable.

— En file ! ordonna le SS.

Les prisonniers obéirent. Ils avaient compris que l'évasion avait réussi et qu'ils étaient, en conséquence, condamnés à mort. D'habitude, dans ce genre de cas, les SS donnaient libre cours à leur imagination. Dans les premiers temps, le commandant laissait les prisonniers mourir de faim. Moshe se rappelait un colosse polonais qui, sans nourriture ni eau, avait résisté durant un mois. Puis les SS avaient adopté d'autres méthodes. Ils pouvaient organiser une exécution en grande pompe, avec échafauds mobiles sur l'*Appelplatz**. C'est là qu'ils pendaient les prisonniers. Les autres déportés étaient contraints d'assister en silence à la cérémonie macabre, puis de défiler un par un devant leurs compagnons morts ou à l'agonie. Une fois, Moshe avait dû assister à l'exécution d'un *Pipel** : l'enfant, bien plus léger qu'un homme, avait résisté pendant plus d'une demi-heure. Pendu au bout de la corde, son corps avait tremblé et, les yeux entrouverts, il avait sursauté au moment où Moshe était passé devant lui. Un spectacle si terrifiant que même certains SS en avaient été bouleversés.

Parfois il arrivait que les SS eux-mêmes n'aient ni le temps ni l'envie d'une telle mise en scène et se contentent de leur tirer une balle dans la nuque. Ou qu'ils envoient les condamnés au *Revier**, où une infirmière leur administrait une injection de phénol dans le cœur. À d'autres occasions, les SS s'étaient limités à asséner les vingt-cinq coups de bâton réglementaires sur l'échine de l'infortuné. La punition était toujours imprévisible, ce qui la rendait, d'une certaine façon, encore plus effrayante.

Les SS escortèrent les prisonniers aux sanitaires.

— Déshabillez-vous ! *Los !*

Les prisonniers obéirent. Ils ôtèrent leurs hauts et bas d'uniforme, puis leur linge de corps misérable et fétide. Ils posèrent leurs vêtements sur le rebord des lavabos : ils serviraient à d'autres détenus, les SS ne voulaient pas les abîmer en les criblant de balles.

Lorsqu'ils furent complètement nus, on les conduisit à l'extérieur. Le froid polonais les fit frissonner. Juste devant le bloc 11 se trouvait le mur des fusillés. Si le commandant avait opté pour une solution rapide, c'était par là qu'on mènerait les prisonniers. Si, par contre, on les faisait sortir vers l'*Appelplatz*, c'était la potence qui les attendait.

Moshe sentit que ses compagnons d'infortune avaient les mêmes pensées que lui. Il y eut quelques instants d'indécision. Un petit groupe de SS, armés de fusils, se tenait prêt dans la cour entre le bloc 10 et le bloc 11. En sortant, l'officier tourna à droite, vers le mur. Dans quelques minutes, tout serait fini.

— *Herr Kommandant…*

La voix du *Rapportführer** le ramena à la réalité. Il baissa les yeux et se concentra sur l'échiquier. L'officier le regardait d'un air incertain.

— Le cavalier, mon commandant. J'ai avancé le cavalier.

Il lui indiquait le jeu, comme si son adversaire n'avait pas déjà à l'esprit la disposition des pions.

Le *Kommandant* soupira d'ennui. Il avança le fou et s'appuya contre le dossier de sa chaise.

— Échec… et mat, annonça-t-il.

L'officier était tombé dans le piège le plus évident. N'importe quel bon joueur s'en serait aperçu au premier coup d'œil.

— Vous êtes un excellent officier, *Herr Rapportführer.* Vous êtes également un grand organisateur et vos comptes sont toujours rigoureux. Mais…

Il marqua une pause.

— En tant que joueur d'échecs, vous êtes… médiocre. Vraiment médiocre.

Le *Rapportführer* bondit sur ses pieds.

— Je suis désolé de n'avoir pas su opposer une résistance plus acharnée, mon commandant. La prochaine fois, je ferai un effort. Maintenant, si vous voulez bien m'excuser.

Il exécuta le salut militaire.

Breitner le congédia d'un geste. Il le regarda parcourir, à petits pas furibonds, le couloir du bloc 11. Pauvre imbécile présomptueux. Était-il réellement convaincu qu'il allait le recommander au *Reichsführer* pour une promotion ?

Il croisa les doigts et étira les bras. Ce geste l'aidait à recouvrer son calme. Puis il jeta un coup d'œil par la fenêtre.

À cet instant, la porte du bloc 11 s'ouvrit. Telles des taupes pointant leur museau à la lumière du soleil, quelques prisonniers sortirent, désorientés, en se frottant les yeux.

Ah oui, se souvint Breitner avec une certaine lassitude, les dix otages de l'évasion. Trois jours s'étaient écoulés sans que l'on parvînt à capturer les fugitifs. Il fallait donc exécuter les prisonniers. La seule façon de lutter contre les évasions incessantes était de solliciter la conscience des fuyards. Tuer leurs parents et amis était le moyen le plus efficace pour les décourager.

Le commandant observa les dix prisonniers avec désintérêt. Maigres, émaciés, les os saillants, l'allure négligée. Pour lui, ils appartenaient à une masse de sous-hommes temporairement nécessaire au Reich, mais qui disparaîtrait bientôt par consomption. Il n'était animé par aucune colère, ni haine. Il s'agissait simplement du constat qu'une race inférieure était inexorablement destinée à laisser la place à une race plus forte.

Les dix prisonniers étaient confusément rassemblés devant le mur, comme si chacun cherchait à se protéger derrière les autres. Silencieux, résignés, la seule forme de résistance qu'ils parvenaient à opposer était passive. Ils attendaient l'ordre ultime.

Breitner soupira, attendant lui aussi les coups de fusil. Sur le dessus de la pile de documents posés sur la table, il attrapa négligemment les fascicules concernant les dix otages qu'il avait lui-même choisis, trois jours auparavant. Il souleva la couverture et y jeta un coup d'œil distrait. Un politicien, un Juif trafiquant, un autre Juif fortuné, un criminel qui, comme souvent, était devenu *Blockältester*... L'habituel ramassis, qui serait bientôt éliminé, pour le bien du Troisième Reich.

Breitner leva les yeux. Les SS étaient en train de placer les hommes contre le mur, de façon militairement ordonnée. La fusillade ne devait pas engendrer de gaspillage de balles. Le commandant les fixait, attendant les coups de feu qui concluraient définitivement l'épisode.

Moshe observa les visages des SS sur le point de tirer. Il essayait d'y trouver une lueur d'humanité. Mais les visages étaient froids, durs, insensibles, rendus mécaniques par des années d'entraînement et de discipline.

Les SS mirent leur fusil en joue et visèrent les corps. Dans un instant, tout serait terminé. Moshe ferma les yeux. Il n'avait pas le courage de regarder la mort en face. Un tel héroïsme lui avait toujours paru ridicule, en plus d'être inutile. Son seul désir était que tout cela se termine au plus vite.

Il entendit les soldats armer les fusils.

— Arrêtez !

Moshe écarquilla les yeux. Un garde provenant du groupe des officiers de la Gestapo accourait.

— Arrêtez ! hurlait-il, une main en l'air, tout en contrôlant sa course pour ne pas glisser dans la boue qui recouvrait les allées.

Le chef du peloton se tourna vers lui, surpris. Après un instant d'hésitation, les soldats tenant les fusils cédèrent, à leur tour, à la curiosité.

— Arrêtez ! répéta le garde, bien que ce ne fût plus nécessaire.

L'officier attendait, agacé, de connaître le motif de cette interruption. Il tapait du pied.

— Alors ? demanda-t-il lorsque le garde fut à portée de voix.

Ce dernier fit le salut militaire. Il avait l'air embarrassé.

— Le commandant a donné l'ordre de suspendre l'exécution…

Moshe sentit un bouillonnement de sang chaud parcourir son corps jusque dans les plus infimes capillaires. *Suspendre l'exécution…*

— Le commandant a demandé qu'on l'attende ici avec les prisonniers. Il arrive.

Les déportés n'avaient pas le courage de bouger, tels des animaux qui espèrent échapper à leur prédateur en restant immobiles. Nus, figés, ils respiraient doucement en évitant de regarder les SS dans les yeux. Ils auraient voulu disparaître, s'évanouir dans le néant, devenir invisibles. Ils ne désiraient rien d'autre que de retourner dans leur baraquement puant et surpeuplé.

Une dizaine de minutes plus tard, la porte du bureau de la Gestapo s'ouvrit et le commandant sortit. Moshe leva à peine les yeux. Il avait déjà vu Breitner en d'autres occasions – il avait parfois eu le soupçon que quelques-uns des bracelets et des montres qu'il avait *organisés* au *Kanada* lui aient été destinés – et il avait, chaque fois, perçu la différence subtile existant entre le *Sturmbannführer* et les autres SS. Breitner portait un uniforme sur mesure – Moshe s'y connaissait et les reconnaissait au premier coup d'œil. Mais il y avait autre chose que les vêtements. Breitner marchait d'un pas militaire impeccable, auquel il parvenait néanmoins à donner une touche d'élégante désinvolture. Sans pour autant manquer aux règlements et à la discipline, il avait parfois l'allure d'un dameret flânant dans l'avenue Unter den Linden, à Berlin.

Les SS du peloton saluèrent, le bras tendu.

— *Heil Hitler!*

Le lieutenant avait l'air à la fois irrité et curieux.

— *Herr Obersturmführer**, le salua Breitner.

Sans attendre de réponse, il s'adressa directement aux déportés sur un ton militaire, mais sans hausser la voix.

— Vous deviez être fusillés…

Moshe soupira de soulagement. Il parlait très bien l'allemand et savait distinguer un passé.

— Mais j'ai décidé de vous accorder une chance. Le ministre Speer souhaite que les camps mettent à disposition du Reich la plus grande force de travail possible, et il se trouve parmi vous d'excellents artisans.

Il marqua une pause. Autour d'eux, le silence absolu. Le ciel s'assombrissait et revêtait les couleurs de la nuit.

— Neuf d'entre vous seront sauvés. Un seul sera fusillé.

Les prisonniers ne purent se retenir de lever les yeux les uns vers les autres. Moshe croisa le regard du vieil homme. Qui serait désigné ? Jan ? Ou Aristarchos ? Le chef de bloc ? Ou son assistant ? Lui-même ? Le commandant devait pourtant savoir à quel point son « travail » était précieux dans le camp. Les montagnes de richesses accumulées s'écoulaient, en partie grâce à lui…

Le commandant ponctuait ses phrases de longues pauses, de toute évidence pour apprécier l'effet de son discours sur son auditoire.

— Je n'ai pas encore décidé qui sera exécuté…

Moshe crut avoir mal compris. Et pourtant, ce *nicht* était clair : le commandant *n*'avait *pas* encore fait son choix.

Breitner sourit.

— C'est vous qui le désignerez.

Moshe crut l'espace d'un instant que l'*Oberscharführer*, à la tête du peloton, avait ouvert la bouche, tant son visage affichait la surprise. Mais le sous-officier parvint à se contrôler. Bien que mourant d'envie de poser des questions à son supérieur, il demeura coi.

Breitner s'adressa à lui à voix basse.

— Faites-les s'habiller et enfermez-les dans la buanderie. Qu'ils n'aient de contact avec personne. Ils doivent rester isolés, compris ?

— *Jawohl, Herr Kommandant.*

Breitner se tourna vers les prisonniers.

— Vous serez enfermés dans la buanderie.

Il indiqua la grosse baraque de bois construite juste devant le bloc 11.

— Et vous resterez là jusqu'à…

Il consulta sa montre.

— Disons, jusqu'à 8 heures, demain matin. Vous me communiquerez votre verdict. Vous avez quatorze heures pour désigner lequel d'entre vous sera tué. Peu m'importent les critères selon lesquels vous le désignerez : le plus jeune, le plus vieux, le plus inutile, le plus antipathique… Faites comme vous voulez. En cela, je vous laisse entièrement libres.

Il sourit. L'ironie de la phrase ne lui avait pas échappé.

— Je veux que, demain, vous me donniez un nom. Les autres retourneront dans leur baraquement.

Les déportés savaient qu'ils n'avaient pas le droit de s'adresser aux SS, encore moins au commandant… C'était une infraction qui pouvait être punie de mort immédiate. Breitner les fixait un par un, se délectant de leur désarroi.

— Bien. J'espère avoir été clair. Bonne nuit, *meine Herren* !

Il pivota sur ses talons et retourna vers le bureau d'une démarche plus martiale. Mais, après quelques pas, il s'arrêta net et se retourna. Le sourire qu'il arborait ne plut pas à Moshe.

— Au fait, j'allais oublier. Si vous ne me donnez pas un nom demain matin, vous serez tous fusillés. Bonne chance !

Le commandant se trouvait dans la mansarde. La nuit était tombée et l'on distinguait à peine les miradors. Il croisa ses mains et tendit les bras. Ses articulations craquèrent. Il entendit frapper doucement à la porte.

— Oui ?

Un petit visage apparut dans l'entrebâillement, à la hauteur de la poignée.

— Papa, je peux entrer ?

Le visage de Breitner s'élargit en un sourire.

— Bien sûr, Felix, viens ici !

L'enfant courut vers lui. Sans se lever, il serra l'enfant dans ses bras. Il sentait bon le savon. Il portait une culotte de laine, une chemise blanche et une veste à trois boutons. Aux pieds, des chaussures d'un noir luisant.

— Alors, comment ça s'est passé, aujourd'hui ?

— *Herr Professor* Kreutz n'est pas venu. Il était souffrant.

— Tu as sauté ta leçon ?

— C'est maman qui me l'a donnée. Elle m'a fait faire des opérations. Puis j'ai lu un livre.

— Quel livre ?

— Un livre de pirates…

— Il t'a plu ?

— Oui, beaucoup ! Il y avait des tas d'aventures. Papa, je pourrai devenir pirate quand je serai grand ?

— Les pirates sont des criminels, Felix.

— Mais ils ont l'air gentils dans mon livre !

— Je ne pense pas que ce soit une bonne idée.

— C'est difficile de devenir pirate ? Il faut passer un examen ?

— Eh bien, il faut d'abord apprendre à naviguer. Si tu veux, tu pourras t'inscrire à l'Académie navale.

— Non ! dit Felix en grimaçant. Là-bas, il faut travailler !

— On en reparlera. Tu me sembles encore un peu jeune. Pour commencer, je t'apprendrai à nager cet été.

Une voix féminine provenant de l'étage inférieur les interrompit.

— Felix ? Felix, où es-tu ?

Ils entendirent des pas dans l'escalier puis Frieda fit son entrée dans le bureau.

— Ah, tu es là, Felix… Karl, tu as déjà fini ?

— J'ai fait aussi vite que possible. J'avais envie de dîner avec vous.

Breitner se leva et donna un baiser sur la joue de sa femme.

— Alors je vais préparer le dîner. Viens, Felix, laisse papa travailler …

— Non, maman. Papa m'a demandé de jouer aux échecs avec lui. Pas vrai, papa ?

Le petit garçon se tourna vers son père et lui adressa un clin d'œil.

— En effet. Une petite partie…

La femme jeta un coup d'œil interrogatif à son mari. Karl n'aimait pas avoir Felix dans les pattes quand il avait du travail. Elle les laissa tout de même et referma la porte derrière elle.

— Que t'arrive-t-il ? demanda Breitner à son fils. Tu n'aimes pas jouer aux échecs.

— Mais, toi, tu as envie d'y jouer, n'est-ce pas ?

Le commandant sourit. Il ouvrit un tiroir et en sortit quelques pièces qu'il disposa sur l'échiquier. Felix l'observait en silence.

— Pourquoi ne les as-tu pas tous sortis ?

— Parce qu'il s'agit d'une partie un peu particulière. Regarde.

Il désigna les pièces principales en les nommant une à une.

— Papa, en plus du roi, il y a deux cavaliers, deux fous, une tour et cinq pions noirs. Par contre, tu as mis tous les blancs.

— Ce n'est pas une partie, Felix, c'est une fin de partie. Tu joues avec les blancs et je verrai comment je peux m'en sortir avec les noirs.

— Papa, je peux jouer avec les noirs, plutôt ?

— Mais il n'y a pas toutes les pièces, tu n'y arriveras pas.

— Peu importe, papa. J'aime bien les noirs. En plus, il n'y en a pas beaucoup, comme les pirates. Ils me plaisent.

— Soit, soupira le commandant. Prends les noirs si tu veux.

Il installa l'échiquier entre eux.

— Et maintenant, murmura-t-il en lui-même, voyons comment vous allez vous en tirer…

18 heures

La buanderie des SS était une baraque immense, presque aussi grande qu'un bloc. Elle était entièrement bâtie en bois, sur un seul niveau. Pour l'heure, elle était vide. L'atmosphère avait conservé l'odeur pénétrante de la lessive. Les dix prisonniers, escortés par des gardes, entrèrent en titubant et regardèrent autour d'eux. Nombre d'entre eux n'avaient jamais mis les pieds dans cet endroit. Au fond étaient installées les machines pour la désinfection à la vapeur, les cuves industrielles pour le lavage et les rouleaux pour le repassage. Au milieu de la pièce, on avait tiré des fils sur lesquels étaient étendus des dizaines d'uniformes SS. Près de l'entrée étaient entassés des couvertures, des vestes et des pantalons civils, des sous-vêtements et des chapeaux. Une longue table se trouvait juste à l'entrée, entourée de chaises d'aspect fruste, fabriquées à la menuiserie du camp. Une ampoule pendait du plafond, éclairant à peine quelques mètres autour de la table.

Avec la crosse de son fusil, un des SS frappa le garçon très maigre sur les reins pour le faire avancer plus vite. Ce dernier n'émit aucune plainte. Les prisonniers avançaient comme un troupeau abandonné. Ils s'éloignèrent de la porte de quelques pas. L'*Oberscharführer* mit son fusil en bandoulière et tira de sa poche une dizaine de feuilles blanches et quelques crayons. Des objets introuvables au *KZ*, à moins d'avoir accès, comme Moshe, au *Kanada* ou aux bureaux de la *Buna**.

— Le commandant m'a demandé de vous remettre ceci. Il pense que vous en aurez peut-être besoin.

Comme personne n'osait avancer pour prendre le papier et les crayons, le SS les laissa tomber par terre avec mépris. Puis il se ravisa et se baissa pour les ramasser. Il prit les feuilles entre le pouce et l'index et les déchira méthodiquement, jusqu'à ce qu'elles se transforment en une myriade de confettis voletants.

— Il n'a pas précisé que je devais vous les donner entières ! dit-il avant d'éclater de rire.

Les SS sortirent du baraquement et fermèrent la porte, laissant seuls les dix prisonniers.

Quelques-uns se mirent à marcher dans ce vaste espace, auquel ils n'étaient pas habitués. Ils regardaient autour d'eux, comme pour se familiariser avec ce nouveau milieu. Les autres restèrent près de la porte. Seul Moshe s'accroupit et se mit à ramasser les morceaux de papier, un par un, les posant délicatement dans la paume de sa main, en veillant à ne pas les froisser.

— Tu en as besoin pour torcher ton cul de Juif ? lui demanda quelqu'un en allemand.

Moshe se retourna. Alexey, l'assistant du *Blockältester*, le dominait de toute sa hauteur. En vertu de sa position dans la hiérarchie du camp, il portait des vêtements civils épais et chauds, au lieu de l'uniforme en coton des prisonniers communs.

— Pas besoin. Ta langue suffira, non ?

Dans son baraquement, face à une réponse de cet acabit, Alexey se serait défoulé sur lui à coups de matraque. Mais en ces circonstances si particulières, il ne sut comment réagir. Son autorité n'avait plus cours en ce lieu, ce qui le mettait dans une situation périlleuse. Il s'éloigna en marmonnant quelque imprécation en ukrainien.

Lorsqu'il eut fini de ramasser les fragments de papier, Moshe les posa un par un sur la table, sous l'ampoule allumée, puis les fit glisser à plat, les séparant et les rapprochant jusqu'à ce qu'il parvînt à reformer une demi-feuille.

Le garçon très maigre, au pantalon trop court, passait en revue le linge lavé, les yeux brillants face à une telle abondance.

Jan, le vieux *musulman*, s'était déjà allongé sur une couverture repliée et semblait dormir. Jacek, le chef de baraquement, était debout, silencieux, appuyé sur le mur. Jiri, Elias et Berkovitz, après un instant d'hésitation, s'assirent autour de la table avec Moshe. Le *triangle rouge*, par contre, vint se poster juste devant lui. Moshe leva les yeux.

— Qu'y a-t-il, Otto ? Tu n'es pas content ? Neuf d'entre nous seront sauvés. C'est un beau résultat.

— Oui, mais qui ?

Moshe interrompit sa tâche. Il avait réussi à reconstituer une feuille.

— C'est à nous de décider. N'as-tu pas entendu le *Kommandant* ? C'est la démocratie vue par un nazi.

— Je n'aime pas ça.

— Moi non plus.

Alexey s'était rapproché. Il était inquiet. Cette nouvelle situation l'avait déstabilisé. Grand et gros comme il était, avec le nez tordu et les dents noires, il dominait tous les autres.

— Qu'est-ce que tu veux dire ? lui demanda tranquillement Otto.

— Les trois fugitifs se sont évadés de notre baraquement et nous ont mis dans le pétrin. Ce sont des amis à toi, Otto.

— Tais-toi, tu ne sais pas ce que tu dis.

— Si, je sais, au contraire. Le premier est Grzegorz, que tu connais bien. Il fait partie de ta bande, non ?

— C'est un camarade, c'est tout. Il y en a beaucoup dans le camp. Tu veux connaître leurs noms, Alexey ? Comme ça, tu pourras les dénoncer à la Gestapo et recevoir, en échange, une gamelle de soupe supplémentaire.

— Mon dieu, quel monde ! s'exclama Jiri.

Le *triangle rose* avait grimpé sur un tas de couvertures, au milieu du baraquement, dans la pénombre. Sa voix semblait provenir de nulle part.

— Oserais-tu trahir tes compagnons pour une écuelle de *Wassersuppe* ? Personnellement, j'exigerais au moins un morceau de pain !

Alexey haussa les épaules et pointa le doigt vers Otto.

— Tu ne pouvais pas ignorer leur projet d'évasion. C'est ta faute si nous nous retrouvons ici !

Otto se leva d'un bond. Il faisait vingt centimètres de moins qu'Alexey mais était tout aussi robuste que lui. Il travaillait comme un bœuf, y compris dans les pires *Kommandos**, et ne se plaignait jamais. Il était respecté dans tout le *KZ*.

— Ne redis jamais une chose pareille. La Résistance du camp n'a rien à voir avec ça. Ils ont dû s'évader sur un coup de tête. Ils ont peut-être profité d'une bonne occasion…

— À moins que les Allemands ne les aient repris, tués et qu'ils aient saisi une nouvelle occasion de s'amuser un peu à nos dépens…

Sans ouvrir les yeux, Moshe continuait à composer et décomposer des morceaux de papier. Il venait de reconstituer une deuxième feuille.

— C'est certain, acquiesça Otto, on ne peut pas exclure cette hypothèse.

Puis il se remit à fixer Alexey.

— Fais attention. Personne ici n'a oublié les coups de bâton que tu nous donnes tous les jours. Ton chef et toi…

Il se tourna vers Jacek, resté prudemment adossé au mur.

— Ici, vous n'êtes plus des *Prominenten**, vous n'avez plus de matraques, les SS ne sont plus là pour vous protéger. Si je devais choisir qui faire fusiller, je n'hésiterais pas un instant…

Un silence profond tomba. Les mots d'Otto avaient remémoré à tous qu'ils avaient à désigner quelqu'un. Le temps passait vite.

— Que Caïn ne lève pas la main contre Abel, dit Elias, toujours étendu sur sa couverture. Personnellement, je ne donnerai aucun nom. Jamais. Dieu ne me le pardonnerait pas. Lui seul peut décider du destin de chacun d'entre nous.

— Alors dis-lui de se manifester de temps en temps ! cria Jiri du fond du baraquement.

Le garçon dont personne ne connaissait le nom se leva à moitié.

— À votre avis, quand vont-ils nous apporter à manger ?

— Tu crois qu'ils vont aussi nous nourrir ? répondit Moshe, qui avait reformé une troisième feuille. Qu'en dis-tu, Aristarchos ?

Le Grec lâcha un juron dans sa langue.

— Savez-vous ce qu'ils ont fait une fois ? Un type avait une appendicite. Ils l'ont emmené au *Ka-Be**, l'ont anesthésié, opéré normalement, recousu. Ils lui ont ensuite accordé quinze jours de convalescence, et une fois qu'il a été parfaitement remis, ils l'ont envoyé au *Kremchy*. Je ne serais pas étonné s'ils nous apportaient ce soir du saumon et du caviar et qu'ils nous fusillent tous demain.

— Ils ont dit qu'ils en fusilleraient un, pas dix, remarqua Otto. Qu'est-ce que tu en penses, toi ?

— C'est ce commandant, répondit Aristarchos, avant de cracher un autre juron. Vous l'avez vu ? Il s'ennuie, alors il a trouvé ce petit jeu pour s'amuser. Quant à moi…

Il termina la phrase en grec, que personne ne comprit, à part Moshe qui sourit.

— Ne nous énervons pas. Peut-être qu'ils arrêteront les évadés cette nuit… dit Berkovitz.

— C'est ce que tu souhaites ? demanda brusquement Otto.

— Non… Enfin… Nous avons encore le temps…

— Neuf d'entre nous ont le temps, c'est vrai, précisa Moshe.

Il se ravisa.

— Non, il n'y a rien à…

— Moi je me demande pourquoi ils nous ont choisis, nous, dit Berkovitz. Je connaissais personnellement Grzegorz, mais je n'ai jamais adressé la parole aux autres.

— Que veux-tu dire ?

— Toi aussi, Moshe, tu connaissais Grzegorz, mais je n'ai pas l'impression que tu avais des liens particuliers avec lui.

— Je lui ai vendu quelque chose une fois, mais il ne m'a pas invité chez lui pour le thé.

— C'est plus ou moins la même chose pour nous tous, je crois. J'ai l'impression que les Allemands nous ont choisis au hasard.

— Moi, je ne crois pas, intervint Jacek, le chef de baraquement, toujours appuyé contre le mur.

C'était la première phrase qu'il prononçait depuis leur arrivée dans la buanderie.

— Cela ne leur ressemble pas.

— Cela ne *vous* ressemble pas, tu veux dire, rétorqua Otto d'un air menaçant.

— Il a raison, approuva Moshe. Ils sont toujours précis, efficaces. Ils ne peuvent pas s'être trompés à ce point.

— Il leur fallait dix otages, c'est tout. Ils ont pris les premiers qu'ils ont trouvés.

— Ils avaient une feuille, avec nos matricules. Il ne s'agit pas d'un hasard.

— Moi, je pense que quelqu'un parmi nous était au courant de l'évasion. Et qu'il nous l'a caché.

La voix de Jacek était traînante et monocorde. Mais son affirmation les impressionna tous. Ils se turent un moment.

— Pourquoi devrait-il nous le cacher ? demanda le garçon maigre en s'asseyant.

— Parce que nous le considérerions comme responsable de notre situation et que nous le ferions fusiller volontiers, répondit Otto.

— N'oubliez pas qu'il espère s'en tirer et suivre l'exemple de ceux qui s'en sont sortis. Si les Schleus n'ont pas découvert par où les fugitifs se sont évadés, peut-être songe-t-il emprunter le même chemin…

Moshe parla sans lever les yeux. Chacun des dix *Häftlinge** regarda les autres. Ils se demandaient lequel d'entre eux connaissait le moyen de s'échapper de là et s'il emmènerait les autres avec lui.

La voix de Jiri rompit le silence tendu qui avait envahi le baraquement. Ils se tournèrent dans sa direction, surpris. Le *triangle rose* écarta deux uniformes suspendus au fil et apparut soudain, comme s'il avait écarté les pans d'un rideau.

— *In dem Schatten dunkler Lauben…*

Il chantait avec une voix au timbre féminin mais très juste. Les prisonniers restèrent ébahis par le contraste entre la musique et la situation dans laquelle ils se trouvaient. Tous les jours, signalant l'entrée et la sortie des *Kommandos* de travail, l'orchestre du camp jouait des mélodies, mais il s'agissait le plus souvent de marches militaires ou, à la rigueur, de *Rosamunde*. Jiri chantait une chanson que personne n'aurait jamais imaginé entonner dans un *KZ*.

Il émergea peu à peu sous le filet de lumière diffusé par l'ampoule. Il se déplaçait avec une élégance sinueuse, à mi-chemin entre une démarche normale et un pas de danse, telle une ballerine qui entre en scène. Il se déhanchait comme s'il portait des talons hauts. Il avançait les pieds de la même façon que s'il glissait sur de la glace, les épaules droites, la tête haute. Même son uniforme à rayures semblait s'être transformé en robe du soir.

— *Sassen beide Hand in Hand…*

Il se fraya un chemin au milieu d'eux avec un regard entendu. Moshe remarqua que Jiri ne faisait pas du tout partie des *musulmans*. Son corps, bien que mince, n'était pas affaibli. Il était évident qu'il tirait des avantages matériels des faveurs sexuelles qu'il accordait à différents *Prominenten*.

— *Sass ein Jäger mit seiner Lola…*

Otto fit une moue de dégoût.

Jiri rejoignit la table en roulant des hanches. Il se retourna et s'assit sur le bord de la table d'un air provoquant. Il porta ses doigts à ses lèvres, comme s'il fumait une cigarette, dont il fit semblant d'exhaler la fumée.

— Salut, beauté, soupira-t-il sous le nez d'Alexey.

Mais lorsqu'il s'apprêta à caresser le visage de l'assistant du chef de baraquement, ce dernier repoussa son bras avec une rudesse telle que Jiri roula à terre. Alexey, en proie à une fureur soudaine que ses compagnons avaient appris à redouter, attrapa une chaise et la jeta à l'autre bout de la pièce. Jiri se tordait sur le sol en geignant. Alexey ne savait pas se contrôler. Il franchit les deux pas qui les séparaient et s'apprêta à lui donner un coup de pied.

— Arrête-toi ! intervint Jacek, sans bouger de l'endroit où il se trouvait.

Alexey leva ses yeux assombris et Moshe eut l'impression fugace qu'il allait se jeter sur le *Blockältester*. Mais la rage qui s'était emparée de lui le quitta aussi rapidement. Il s'immobilisa, haletant. De toute évidence, se retenir lui coûtait un effort terrible. La même scène s'était déjà produite auparavant et, à chaque fois, un regard du chef du baraquement avait suffi à maîtriser Alexey.

Otto se leva pour aider Jiri, qui continuait à émettre des sons plaintifs.

— Allez, ça suffit. Il ne t'a rien fait…

Il essaya de l'attraper par le bras, mais Jiri réagit mal.

— Laisse-moi ! Toi aussi, tu es comme eux…

— Qu'est-ce que tu dis ?

— Bien sûr ! On sait tous qu'à la fin de ces discussions vous donnerez un nom au commandant, et que ce sera le mien !

— Tu dis n'importe quoi, la faim t'a affaibli le cerveau…

— Ne fais pas semblant d'être scandalisé.

L'apparente faiblesse du *triangle rose* s'était transformée en une colère froide.

— Même toi, le défenseur acharné de l'égalité entre les hommes, tu me méprises. N'ai-je pas raison ? Ça fait deux mille ans que vous persécutez les gens comme moi. Il est évident que vous me désignerez au *Kommandant*. Je serai votre agneau sacrificiel…

Il poursuivit sur un ton plaintif.

— Mais ne vous inquiétez pas, je vous comprends. Et je vous ai déjà pardonnés.

Moshe applaudit avec ironie.

— Bravo, Jiri. Mais, tu sais, le guichet est fermé. On n'a pas vendu un seul billet et ton *Kabarett* n'est pas près de se produire. Garde ton souffle pour la saison prochaine.

La voix cassante vexa Jiri qui, oubliant la douleur qui le faisait gémir jusque-là, se leva brusquement pour retourner dans l'ombre à petits pas dépités, en écartant les uniformes accrochés avec d'amples mouvements des bras.

Pendant ce temps, Jacek s'était détaché du reste du groupe et parcourait la buanderie en en inspectant tous les recoins. Il soulevait des tas de couvertures et de vêtements, passait la main sous chacun d'entre eux. C'était une fouille méthodique. Moshe leva les yeux pour le regarder et secoua la tête.

Le chef de baraquement avait inspecté la moitié de la pièce lorsqu'il s'exclama :

— Ah, voilà !

Il revint vers la table. À la faible lueur de l'ampoule, les autres détenus virent qu'il tenait un morceau de pain noir, moisi et mordillé.

— Je savais que quelqu'un en avait caché quelque part… Il y a toujours un petit nouveau qui essaie de faire le malin en se constituant des réserves… Ils ont dû l'envoyer au four crématoire, il n'a pas dû avoir le temps de le récupérer…

La seule vue du pain suffit à aiguiser leur faim, mais personne n'osa s'approcher de Jacek.

Le chef de baraquement sortit une cuillère, dont le manche effilé ferait office de couteau. Il posa le pain sur la table. Neuf paires d'yeux faméliques suivirent le mouvement. Il était sur le point de couper une tranche lorsqu'une voix l'interrompit.

— Arrête !

Jacek leva les yeux. Otto le fixait d'un air menaçant. Jacek se mit automatiquement en position d'attaque, prêt à intervenir.

— Laisse ce morceau de pain.

La voix d'Otto était ferme et décidée. Elle n'exprimait ni peur ni incertitude. Seulement l'autorité.

— Laisse-le, répéta-t-il.

Jacek lui adressa un sourire en coin.

— Pourquoi devrais-je le laisser ?

— Ici, on n'est plus au bloc, et tu n'es plus le *Blockältester*. Les SS ne sont plus derrière toi. Ici, tu es seul, exactement comme chacun d'entre nous. Nous allons partager le pain.

Une sensation fulgurante parcourut les estomacs. Même si ce morceau coupé en dix ne constituait qu'une ration minuscule, c'était mieux que rien, d'autant qu'elle était imprévue.

— Mais c'est moi qui l'ai trouvé. C'est à moi qu'il revient, non ?

— Je ne crois pas. Cette nuit, nous sommes tous égaux. La loi nazie ne vaut pas ici. Nous ne sommes plus obligés de nous écraser les uns les autres pour éviter les coups ou les fours. Ici, le temps d'une nuit, nous avons l'occasion de redevenir des hommes. Tous égaux. Et on va partager ce pain.

Alexey grinçait des dents, prêt à frapper. Jacek demeura silencieux. Il évaluait la situation.

Au bout de quelques secondes interminables, le *Blockältester* leva la main en direction d'Alexey pour l'arrêter, comme on arrête un chien féroce.

— Bon, d'accord. Un morceau de pain partagé en dix ne servira à personne, mais si c'est ce que tu veux…

Otto s'approcha de la table et, à l'aide du manche de sa cuillère, coupa dix parts parfaitement égales, avec une précision chirurgicale. Dix morceaux secs, verdâtres mais, même ainsi, irrésistiblement appétissants.

— Tournez-vous, ordonna Otto.

Les prisonniers obéirent. Moshe se leva et marcha jusqu'au fond du baraquement. Alexey, après lui avoir jeté un coup d'œil incendiaire, se retourna à son tour. Le *triangle rouge* changea l'ordre des morceaux de pain.

— Elias, appela Otto.

— Trois, répondit Elias, sans regarder.

Puis il s'approcha de la table. Otto lui tendit le troisième morceau de pain de la rangée.

— Jiri.

— Dix.

Le *triangle rose* vint chercher sa part.

— Berkovitz… Aristarchos… Jacek… Alexey… Eh, toi ! Comment t'appelles-tu ?

Le garçon se contenta de répondre :

— Cinq.

— Moshe.

— Zéro.

Un silence suspicieux tomba.

— Moshe.

— Zéro, je te dis. Je n'en veux pas, de ce pain. Il doit être plein de poux et d'on ne sait quelles autres infections.

— Moshe ! On ne sait même pas s'ils vont nous apporter à manger d'ici demain. Je…

Moshe s'adossa à la table.

— Soit, donne-le-moi.

Il attrapa une tranche au hasard. Puis il s'approcha de Jan, toujours allongé par terre et la lui tendit.

— Ce pain est rassis. Je n'en veux pas. J'ai l'habitude de manger mieux que ça.

Le vieil homme regardait le bout de pain sans vraiment comprendre ce qui lui arrivait. Ses yeux étaient vides. Puis sa conscience s'éclaira soudain.

— Je te remercie, mais je n'en ai plus besoin…

— Ne dis pas de bêtises, Jan. Je…

— Non, écoute-moi. Je suis en train de mourir. Je n'en peux plus. Je n'ai plus la force de résister, tu comprends ? Ne gaspillons pas ce pain.

— Écoute, peu m'importe que tu n'aies plus de forces. Il faut que tu manges ce pain. À moins que tu ne préfères que je le donne à Jacek ?

Le vieillard secoua la tête. Moshe eut presque l'impression qu'il souriait.

— D'accord…

Mais avant qu'il eût le temps de croquer, Otto intervint.

— Si tu veux renoncer à ta part, Moshe, d'accord. Mais dans ce cas, il faut la redistribuer à tous. Elle appartient à la collectivité.

— Tu plaisantes, Otto. Ce morceau coupé en dix ne suffirait même pas à une souris. Essaie, pour une fois, de raisonner avec ton cerveau, sans demander au Parti ce que tu dois penser.

Moshe retourna à ses bouts de papier.

La distribution du pain s'acheva. Chacun dévora sa part, qui la mordillant doucement, qui l'avalant en trois bouchées. En quelques secondes, tout avait été consommé.

— Il reste quelques miettes sur la table, observa Moshe. Tu veux qu'on se les partage, Otto ?

Le *triangle rouge* ignora la provocation et s'adressa à Jacek.

— C'est toi qui as trouvé le pain, c'est à toi que reviennent ces miettes.

Après un instant de perplexité, Jacek s'approcha de la table et, du plat de la main, balaya la surface rugueuse en faisant tomber les miettes dans sa paume ouverte. Il rejeta la tête en arrière et engloutit les dernières poussières de pain, sous le regard envieux des autres prisonniers.

— C'est la prime de production de ton kolkhoze ? demanda Moshe.

Otto haussa les épaules. Berkovitz traînait les pieds autour de la table. Par moments, il s'arrêtait, relevait ses lunettes sur son front et se massait la racine du nez. Il avait l'habitude d'être maître de son propre destin. Même dans le camp, grâce à ses relations et à son influence, il parvenait à contrôler le cours de son existence. Mais là, dans la buanderie, il se retrouvait totalement livré aux autres. Il s'approcha de Moshe et désigna les petits bouts de papier.

— Qu'est-ce que tu fais ?

— Je recompose les feuilles.

— Pour quoi faire ?

— Je ne sais pas, répondit Moshe en haussant les épaules. Peut-être parce que je n'ai rien de mieux à faire. Peut-être pour ne pas leur donner gain de cause. Ou peut-être…

Il s'interrompit, le temps de rassembler deux fragments de papier. Les dix feuilles étaient à présent reconstituées et recouvraient presque toute la surface de la table.

— J'aime bien les puzzles. Ils m'ont toujours passionné. *Herr Kommandant* aime les échecs, moi je ne les ai jamais supportés. Ces carrés noirs et blancs, parfaitement alignés, me donnent mal à la tête. Ça ne m'étonne pas qu'un Allemand en soit fou. Moi, je préfère les puzzles. Un jour, j'en ai acheté un russe, magnifique, de cinq mille pièces.

— Je n'ai jamais essayé.

— Tu employais trop de temps à vouloir gagner de l'argent, Berkovitz. Dis-moi, as-tu déjà goûté au plaisir de l'oisiveté ? Passé deux ou trois heures à faire une chose qui ne sert absolument à rien ?

Berkovitz effleura de la main les morceaux de papier disposés sur la table.

— Tu vois, poursuivit Moshe, pour faire un puzzle, il faut avoir l'œil sur les détails. Au début, ce sont les couleurs qui guident. Puis on apprend à distinguer un profil, une courbe… Pour réussir, il faut savoir apprécier des différences parfois microscopiques. Sans toutefois perdre la vue d'ensemble. Le général et le particulier, le grand et le petit : il faut travailler sur ces deux plans très distincts.

— Ne l'écoute pas, le coupa Elias, soudain blême. Il parle pour embrouiller les gens. Il dit une chose et, dix minutes plus tard, exactement le contraire.

— Ça suffit ! s'écria Alexey en rejoignant la table et en faisant voler les feuilles consciencieusement recomposées. Tu m'as énervé avec tes discours de merde !

Moshe s'écarta à temps pour éviter le bras d'Alexey. Il attendit que tous les fragments de papier soient par terre et recommença à les ramasser avec le plus grand calme.

Alexey, exaspéré par son absence de réaction, se mit à jurer.

De sa couche, Jan fut pris d'une quinte de toux. Son corps, réduit à un tas d'os recouverts d'une fragile pellicule de peau desséchée, était secoué à chaque expectoration, comme si une déflagration se produisait à l'intérieur de lui. Chacune des neuf autres personnes détourna le regard. La présence menaçante de la mort les terrorisait tous.

Jan toussait encore lorsque la porte du baraquement s'ouvrit d'un coup. Ils virent avancer l'*Oberscharführer* qui les avait accompagnés jusque-là, le même qui avait déchiré les feuilles de papier. Cette fois, il n'avait plus l'air insolent, mais semblait pressé.

— *Aufstehen !*

À part le vieil homme, qui était encore secoué de convulsions, tous bondirent sur leurs pieds et se tournèrent, à la fois surpris, inquiets et terrorisés, vers le SS.

Que se passait-il ? Le commandant s'était-il ravisé ? Avait-il pris la décision de tous les fusiller ? Avait-on arrêté les évadés ?

Le SS perçut l'agitation intérieure des prisonniers et décida de prendre son temps. Il finit par sortir de sa poche une feuille de papier, qu'il déplia sous la lumière pâle de l'ampoule.

— 190.826… 116.125… Venez !

Une expression de terreur absolue s'afficha sur le visage du garçon maigre. Aristarchos, par contre, se contenta d'avancer d'un pas.

Le sous-officier se rengorgea.

— Allez, sortez ! *Los !*

Les deux hommes se dirigèrent vers la porte. Ils n'eurent pas le temps de saluer les autres. Le Grec parvint seulement à échanger un clin d'œil avec Moshe. Puis la porte se referma et les huit prisonniers restants demeurèrent silencieux, se demandant quel destin les attendait.

— Qu'est-ce qu'il y a, papa ? Qu'est-ce que tu fais ?

Felix regardait son père avec perplexité. Breitner ôta de l'échiquier deux pions noirs et les soupesa. Il réfléchissait.

— À quoi penses-tu, papa ?

— J'ai mal commencé la partie. Il y a trop de pions. Je voudrais que les choses soient plus… compliquées.

Il posa les pions sur le bureau et ouvrit le tiroir dans lequel étaient rangées les autres pièces. Il en choisit deux et les serra dans sa main. Après avoir évalué la position des pièces sur l'échiquier, il posa les deux pièces nouvelles.

— Tu m'as donné une tour et une reine. Tu es sûr, papa ?

Breitner fit un pas en arrière pour avoir une vue d'ensemble des forces en présence. Il sourit, satisfait.

— Je crois, oui. Ce sera une partie plutôt amusante.

19 heures

— Où les ont-ils emmenés ?

Jiri faisait les cent pas devant la porte sans pouvoir contenir son agitation.

— À la baraque ? Au *Bunker** ? Ou est-ce qu'ils…

— Les ont-ils fusillés ? conclut Moshe à sa place. Primo, on n'en sait rien. Deuzio, nous n'avons pas entendu de coups de feu. Tertio, nous sommes encore ici. Il me semble que notre situation n'a pas changé. Inutile de nous perdre en conjectures.

— Vous entendez, les amis ? Nous avons parmi nous un nouveau prophète, railla Elias, goguenard.

Même Berkovitz était préoccupé.

— Pourquoi eux ? Quelqu'un d'entre vous connaissait le garçon ?

Ils secouèrent la tête.

— Il n'était là que depuis quelques jours, dit Jacek. Je crois qu'il est slovaque ou quelque chose de ce genre. Il n'était pas bavard. Il est très jeune, il doit avoir dix-huit ou dix-neuf ans.

— Et Aristarchos ? enchaîna Jiri. Lui, c'est un ancien, ici. Tout le monde le respecte, même les SS. C'est un grand travailleur.

— Ils ont peut-être voulu le sauver..., dit Jacek dans son dos.

— Le garçon aussi était vaillant, observa Berkovitz.

— Ils sont peut-être protégés par un *Prominent*, insinua Jiri.

— Ce sont peut-être des espions, dit Otto, irrité.

— Ce garçon n'a parlé à personne. On ne sait même pas comment il s'appelle. C'est bizarre, non ?

— Aucun convoi n'est arrivé de Slovaquie ces derniers jours. N'est-ce pas, Jacek ?

Jacek opina.

— Jiri, c'est l'hôpital qui se fiche de la charité. Tu ne comprends pas ? Jacek a tout intérêt à nous faire croire que le garçon est un espion, pour qu'on ne le suspecte pas, lui.

— Tais-toi, lui intima Alexey.

— Pourquoi ? Qu'est-ce que tu comptes faire ? Appeler le *Lagerältester** pour nous faire matraquer ?

Alexey bouillait, incapable de répondre. D'ordinaire, ses réponses étaient des coups. Mais la situation avait changé. S'il avait agressé Otto, les autres seraient intervenus – outre qu'Otto était tout à fait capable de se défendre. Peut-être pas Jiri, Jan, ni Elias. Mais Berkovitz ou Moshe, probablement.

Jacek intervint.

— Réfléchissez un peu. Vous pensez vraiment que si Alexey ou moi étions des espions, nous serions ici en ce moment ?

— Les SS espèrent peut-être découvrir quelque chose en vous mêlant à nous.

Elias avait suivi la conversation depuis un coin de la buanderie. Il fit un pas sans se départir de son habituel hiératisme.

— Que je meure avec les Philistins, dit Samson dans le temple de Dagon. Est-ce ce que vous souhaitez, vous aussi ? Vous voulez que la chute de l'un entraîne tous les autres ? Nous devons rester des frères les uns pour les autres. Ce n'est qu'en unissant nos forces que nous vaincrons l'ennemi.

— Elias, tu n'es pas à la synagogue. Personne n'a envie d'écouter tes sermons, dit Alexey avec mépris.

Il se leva, dominant tous les autres de sa hauteur.

— Maintenant, ça suffit. Le commandant a dit que nous devions choisir une personne. Alors dépêchons-nous ! Plus tôt nous aurons fini, mieux ce sera pour tout le monde.

— Quelle hâte, observa Moshe. Tu as rendez-vous ?

— Ce doit être ça, dit Jiri en se déhanchant autour de lui. Tu as un *Pipel* qui t'attend dans le baraquement ? Je ne te plais plus ?

Alexey le poussa brusquement mais sans lui faire mal.

— Pauvre de moi…, soupira Jiri. Pourquoi les brutes me plaisent-elles autant ?

— Dépêchons-nous ! répéta Alexey.

— Jiri a raison, dit Moshe. Pourquoi se presser ? Attendons, au contraire. Il va peut-être se passer quelque chose. Le commandant va changer d'avis, les avions anglais vont arriver et tout bombarder…

— Non !

Ils se tournèrent vers Otto.

— Alexey a raison. Il faut se décider maintenant.

Ils le fixèrent avec étonnement. Otto se leva et commença à faire les cent pas devant la fenêtre la plus proche, qui donnait sur le camp sombre et désert. Personne n'était autorisé à s'aventurer dehors après les coups de cloche, sous peine de mort immédiate.

Otto s'arrêta.

— Alexey et Jacek ont raison. Si nous attendons, le commandant pourrait changer d'idée. Nous avons l'occasion de sauver sept d'entre nous. Profitons-en.

Le prisonnier politique se remit à marcher. Il avançait de quelques pas puis s'arrêtait. Comme s'il était incapable de dominer sa nervosité et que seule cette marche aléatoire pouvait le calmer. Moshe l'observait avec une certaine perplexité.

— Alors, allons-y, Otto. Toi, par exemple, qui choisirais-tu ?

— Pour moi, il n'y a ni juifs, ni chrétiens, ni orthodoxes, bouddhistes ou autres. Il n'y a que des exploiteurs et des exploités. Même parmi les Juifs, on trouve les deux catégories. Toi, par exemple, Elias, tu es un exploité.

Elias ne répondit pas.

— Tu travaillais pour une compagnie d'assurances, si je ne m'abuse.

— À Varsovie. J'étais responsable du bureau du contentieux.

— Qu'est-ce qui t'est arrivé quand les nazis sont arrivés ?

— On m'a privé de toutes mes responsabilités. Je suis redevenu simple employé et j'ai dû faire du porte-à-porte pour encaisser les primes. Mais cela ne leur a pas suffi. Selon eux, la clientèle n'aimait pas que ce soit un Juif qui effectue la tournée. La seule activité qui convenait à un Juif, c'était de balayer.

— C'est ce que tu as fait ?

— J'ai respecté la volonté de Dieu. Dieu nous met souvent à l'épreuve, et les épreuves les plus dures sont réservées à ses fils préférés…

— Le responsable du bureau du contentieux s'est retrouvé balayeur… et tes collègues ? demanda Otto.

— Certains me murmuraient en cachette des paroles de soutien. Mais beaucoup d'autres salissaient exprès les toilettes et m'appelaient pour nettoyer. Ils déféquaient par terre et m'obligeaient à m'agenouiller pour enlever leurs excréments. Un jour, alors que j'étais plié en deux, en train de laver, un de mes anciens employés a uriné sur moi. Et puis…

Le rabbin s'interrompit.

— Et puis ? demanda Otto.

— Puis il a appelé les autres. Ils m'ont déshabillé en me traitant de « Juif dégoûtant ». Ils m'ont accusé de m'être souillé moi-même. Ils m'ont pris par les cheveux et m'ont enfoncé la tête dans les…

Sa voix trembla. L'émotion l'empêcha de poursuivre.

Otto regarda les autres détenus.

— Alors, qu'en pensez-vous ? Pouvons-nous choisir Elias ?

— Tu disais qu'il y a aussi des exploiteurs parmi les Juifs. À qui pensais-tu ? demanda Jiri.

— À lui, répondit-il en désignant Berkovitz. Lui n'était pas un simple employé de compagnie d'assurances comme toi, Elias. Il était bien plus haut placé et manipulait des montagnes d'argent. Il créait et détruisait. Il lui suffisait de lever le petit doigt pour jeter des centaines de familles sur la paille.

— C'est faux ! répliqua Berkovitz d'un ton sec mais calme.

Il avait l'habitude de répondre aux attaques hostiles pendant les conseils d'administration.

— Mes efforts ont aussi permis de créer des milliers d'emploi. J'ai nourri des milliers de familles.

— Mais il ne semble pas que les Schleus t'en soient particulièrement reconnaissants, cela dit, fit remarquer Moshe.

Berkovitz releva ses lunettes sur son front et se frotta les yeux.

— Robert Flick est venu me voir, le type de l'entreprise Industrie Maschinen AG. Malgré les commandes de guerre, l'entreprise se portait mal. Sa famille avait dilapidé une grande partie de sa richesse dans les jeux, les voitures et les femmes. Il m'a demandé un prêt énorme – deux milliards de marks. Lui qui faisait partie du cercle restreint des amis du Parti, lui qui pouvait téléphoner au *Reichsführer* et se faire inviter quand il voulait, il venait me voir, moi, un Juif, pour me demander de l'argent !

— Tu as dû te sentir proche de Dieu, à ce moment-là…

— Vraisemblablement. J'ai sans doute perdu une partie de ma lucidité, je ne le nie pas. Flick m'a dit qu'il pourrait faire quelque chose pour moi, pour ma famille. Le Reich avait l'intention de débarrasser l'Allemagne de la présence juive, mais tous les Juifs n'étaient pas nocifs, m'a-t-il expliqué. Quelques-uns pouvaient encore être utiles à la cause de la Grande Allemagne. Et le Reich se souviendrait d'eux.

— Et tu l'as cru…

— Oui, je l'ai cru. J'ai fait en sorte que la banque approuve le financement. Lorsque je l'ai appelé pour lui annoncer la nouvelle, il a fait répondre son secrétaire. Et, le lendemain, ils sont venus me chercher à l'aube. Par chance, j'avais déjà envoyé ma femme et mes enfants loin de là. Ils m'ont pris comme j'étais, en pyjama, robe de chambre et pantoufles. Ils m'ont embarqué dans une auto et m'ont emmené au commandement de la SS. En partant, j'ai eu le temps d'apercevoir une voiture arrêtée dans la rue, une Mercedes sombre, que j'ai reconnue : Robert Flick était assis sur le siège arrière. Lorsque je suis passé à sa hauteur, il a écarté le rideau et m'a regardé. J'en mettrais ma main au feu. Il était venu assister au spectacle. Il m'a jeté un regard méprisant puis la Mercedes a démarré et s'en est allée.

— Cela me rappelle une blague yiddish. Elle vous intéresse ? demanda Jiri à l'assistance.

— Non, répondit Moshe.

— Très bien, comme vous voulez.

Puis, après quelques minutes de silence, il reprit :

— Deux rabbins sont en visite à Rome. Devant une église, ils voient la pancarte « Deux mille lires pour ceux qui se convertissent au catholicisme ». Évidemment, ils sont scandalisés. Alors, le premier dit au second : « Je vais voir si c'est vrai. » Quelques minutes s'écoulent et il finit par sortir de l'église. L'autre lui demande : « Alors, c'est vrai qu'ils donnent deux mille lires pour une conversion ? » L'autre pouffe en le regardant de travers : « Deux mille lires ? Vous, les Juifs, vous ne pensez qu'à l'argent ! »

Personne ne rit, à l'exception de Moshe. Berkovitz demeura imperturbable. Otto n'était pas d'humeur à plaisanter.

— Tu as eu ce que tu méritais, dit simplement le *triangle rouge*. L'argent que tu as donné aux Schleus était l'argent que tu as volé aux travailleurs qui vivaient dans des trous à rats sordides sans air ni lumière, tandis que toi, je parie que tu habitais une magnifique villa avec piscine et majordome…

— C'est l'heure de rééducation politique ? demanda Moshe.

— C'est la vérité. Des exploiteurs et des exploités. Certains ont courbé l'échine, comme Elias, d'autres se sont rebellés, comme moi. D'autres encore ont préféré se ranger du côté des exploiteurs. Pas vrai, Alexey ?

— *Scheiße !*

— Jure autant que tu veux ! En attendant, nous, nous n'avons pas oublié tes coups de matraque. Tes coups de poing, quand l'un d'entre nous, épuisé, ralentissait la cadence. Tes coups de pied, pour te faire bien voir par les SS. Tu les as même aidés, tu te souviens ? Quand ils ont fait monter des Juifs sur une échelle, chacun avec une énorme pierre dans le dos, et qu'ils ont tiré sur celui qui se trouvait tout en haut pour qu'il s'effondre sur les autres et les entraîne dans sa chute. Tu riais, Alexey, tu *riais* !

Le silence retomba dans la buanderie. Beaucoup se rappelaient l'épisode, bien qu'ils eussent tout fait pour l'effacer de leur mémoire.

Inconsciemment, Alexey recula contre le mur. Avec son instinct animal, il comprenait que les choses tournaient mal.

— Ne commencez pas. Ne commencez pas, sinon, les choses finiront mal pour vous.

— Attendez, mes frères, intervint Elias, ne nous laissons pas entraîner par la colère. Qui d'entre vous se souvient de ce que fit Gédéon à Ophra ?

— Pas moi, mais je suis sûr que tu vas nous le rappeler.

— Gédéon a réussi à apaiser la haine qui rongeait les tribus d'Israël et les a réunies pour affronter l'ennemi, Madian. Il envoya des messagers aux tribus de Manassé, d'Aser, de Zabulon, de Nephtali. Puis ils marchèrent tous ensemble contre l'ennemi.

— Et ils leur ont donné une raclée, si je ne m'abuse, murmura Moshe.

— Tais-toi, rétorqua Elias sur un ton plus brusque que la situation ne l'exigeait. C'est ainsi que nous devons procéder, en nous unissant contre l'ennemi. Même si nos tribus ont nourri de la défiance les unes envers les autres, il est temps de rester soudés.

Otto pouffa. Les discours religieux l'agaçaient.

— Toi, Jiri, qu'en penses-tu ?

— Vous savez ce qu'a dit un jour un écrivain russe ? Qu'il faut surveiller ses alliés autant que ses ennemis.

— Ça suffit ! Arrêtez, Juifs puants ! Vous ne me livrerez pas au commandant !

Alexey, le dos au mur, tira de sa poche un petit outil. C'était un couteau simple, long et effilé, probablement fabriqué dans l'un des nombreux ateliers clandestins du camp.

— Vous n'aurez pas le temps de leur donner mon nom. Je vous tuerai tous, un par un.

Les prisonniers se figèrent. Moshe regarda l'arme rudimentaire. Dans la main d'Alexey, elle pouvait être mortelle. Même en unissant leurs forces, les autres prisonniers n'auraient jamais le dessus. Certains pourraient y laisser la vie. D'ailleurs, qui était prêt à réagir ? Ni Elias, ni le vieux Jan. Jiri encore moins, sans parler de Jacek. Le *Blockältester* irait probablement prêter main-forte à son assistant.

— Lui aussi, reprit Alexey en désignant Jacek. Lui aussi doit être épargné.

— Comme c'est émouvant, cette fidélité au maître ! ironisa Moshe.

Il marqua une pause.

— À moins que tu ne craignes, si Jacek est fusillé, que le nouveau kapo choisisse un autre assistant. Tu te retrouverais au milieu des pauvres *Häftlinge* comme nous, et il est certain qu'on ne t'accueillerait pas à bras ouverts…

La situation s'enlisait. Personne n'osait bouger. Alexey brandissait son couteau mais l'absence d'agression explicite le rendait assez ridicule.

Jacek rompit le silence.

— Range ton couteau, Alexey.

— Mais…

— Tu vois bien qu'il ne sert à rien. Avec qui veux-tu te battre ? Jan ? Jiri ? Elias ? Et pour quoi, au juste ? Allez, range-le.

Jiri, qui se trouvait de l'autre côté de la table, s'approcha à petits pas, attrapa le fil de l'ampoule et éclaira le visage de Jacek.

— Eh, mais tu…

— Lâche cette ampoule ! ordonna Otto sur un ton qui surprit les autres prisonniers.

Conscient de l'effet qu'il venait de produire, il baissa la voix.

— Fais attention, ces fils sont nus, tu pourrais t'électrocuter…, justifia-t-il.

Jiri l'ignora et avança jusqu'à se trouver à quelques centimètres de Jacek.

— Mais je te connais…

Jacek ne tenta pas de se soustraire au regard du *triangle rose*. Il resta froid et impassible, comme toujours.

— Moi aussi, je le connais, persifla Moshe.

— Non. Je voulais dire… en dehors du camp.

Il avait réussi à attirer l'attention. Elias était suspendu à ses lèvres.

— Je t'ai vu jouer.

Jacek demeurait imperturbable.

— Tu étais magnifique, avec ton maillot trempé de sueur collé à ton corps…

— Laissons de côté les détails sentimentaux et raconte-nous le reste, l'exhorta Moshe.

Jiri se tourna vers son auditoire, heureux d'avoir retrouvé un public.

— Jacek était footballeur. Plutôt doué, d'ailleurs. Oh, je n'y comprends pas grand-chose, mais j'aimais bien aller au stade pour voir tous ces beaux garçons…

— C'est vrai ? le coupa Moshe en se tournant vers Jacek.

— Oui. Je jouais en première division, au Ruch Chorzów. J'étais défenseur central. J'ai fait quelques bons matchs. Et puis il y a eu la guerre…

— Défenseur… Voilà pourquoi tu es aussi doué pour surveiller les prisonniers, dit Moshe.

— Maintenant, c'est fini, poursuivit Jacek. Et même si je devais sortir d'ici vivant, je serais trop vieux pour reprendre.

— Tu vas me faire pleurer. J'ai le cœur sensible.

— Tu as raison, Moshe. Si nous voulons survivre à tout cela, il ne faut pas nous retourner sur le passé. Pensons au présent.

— C'est vrai. Et si nous choisissions Alexey ou toi ? Franchement, je trouverais cela juste.

— Pourquoi pas ? répondit Jacek. Mais pourquoi ne choisissez-vous pas Otto ?

— Otto ? Pourquoi lui ? demanda Berkovitz. Il n'a rien fait de mal.

— En êtes-vous sûrs ? Ce sont sûrement ses amis qui ont manigancé l'évasion, et qui nous ont conduits ici. Ne comprenez-vous pas que vous n'êtes, à ses yeux, que de la viande de boucherie. Pour lui, il n'y a que la Résistance qui compte. On peut sacrifier n'importe qui au nom d'un idéal.

Tous les regards convergèrent vers le *triangle rouge.*

— Jacek n'a pas tort. Qu'en dis-tu, Otto ?

— La Résistance occupe les postes principaux du camp, au cas où vous ne vous en seriez pas aperçus, affirma Jacek sur un ton monocorde. Ils se fichent pas mal des Juifs. La seule chose qui importe, à leurs yeux, est de préparer le terrain pour les Russes qui vont arriver. Et si, entre-temps, quelques *musulmans* doivent y laisser leur peau…

— C'est faux, protesta Otto. La Résistance se préoccupe de tous. Son but est d'aider et de protéger tout un chacun, sans perdre de vue le bien collectif.

— Tu en fais partie, n'est-ce pas ? insinua Moshe.

— Oui, j'appartiens à la Résistance du camp. Je suis une des roues dans l'engrenage.

— Vous l'entendez ? s'exclama Jacek. De toute façon, il y a autre chose…

Il retint son souffle.

— Otto est *allemand.*

Jacek avait prononcé le mot sur le même ton furieux et méprisant qu'employaient les SS. Bien qu'Otto fût un *Häftling* et qu'il menât la même existence qu'eux dans les camps, il était évident qu'une ligne invisible le tenait à l'écart des autres. Il était allemand, et personne ne pouvait l'oublier.

— Je pense que…

Mais Jacek ne put terminer sa phrase, interrompue par un bruit.

La porte s'ouvrit. Tous, à l'exception de Jan, sautèrent de nouveau sur leurs pieds.

— Alors, vous êtes-vous décidés ?

L'*Oberscharführer* les dévisagea un par un. Puis ses yeux se posèrent sur les morceaux de papier posés sur la table.

— Toujours pas ? Il faut vous dépêcher. *Schnell!* Vous avez compris ce qu'a dit *Herr Kommandant.* Si demain, à l'aube, vous n'avez pas nommé quelqu'un, vous finirez tous devant le mur des fusillés. Dès que vous aurez choisi, ouvrez la porte. Nous sommes là, dehors.

Le sous-officier pivota sur lui-même et cria vers l'extérieur du baraquement.

— *Herein!*

Dans le rectangle sombre apparut une silhouette grande et longiligne. Elle s'arrêta sur le seuil, avant d'entrer dans la buanderie.

C'était un nouveau prisonnier. Ses cheveux étaient plus longs que ceux des autres. Un centimètre de longueur suffisait à révéler qu'il était blond. Ses pommettes étaient saillantes et son nez, affilé. Il portait des vêtements civils, sans raccommodages visibles, et, par-dessus, un blouson en cuir fourré, avec un col en fourrure – précisément le genre de vêtement que le règlement strict du *KZ* prohibait formellement. Il était chaussé de souliers de cuir lustrés. Ses mains n'étaient pas encore abîmées par le gel et le travail, et son corps ne dévoilait aucune trace d'affaiblissement.

Le sous-officier sortit et referma la porte.

Le nouvel arrivant regarda autour de lui. Les autres l'observèrent avec circonspection.

— Comment t'appelles-tu ? demanda brusquement Alexey.

— Paul.

— Paul ou Pauli ?

Mais le nouveau ne répondit pas. Il traversa la pièce et alla s'appuyer sur le mur opposé.

Alexey le pressa.

— Dis-nous qui tu es. Nous devons savoir ce que tu fais là.

— Et vous ?

— Nous nous connaissons tous.

— Vous devrez faire preuve d'un peu de patience, alors.

— Allons, Alexey. Tu ne vois pas que tu gênes notre hôte ? intervint Moshe, qui se leva et rejoignit le nouvel arrivé en écartant les bras.

— Il faut le pardonner. L'ambiance du camp lui a fait du mal… Sais-tu pourquoi nous sommes ici ?

— Revoilà le prophète ! siffla Elias.

Mais personne ne releva.

— Explique-le-moi.

— Trois *Häftlinge* se sont évadés. Alors le commandant a décidé d'en fusiller dix. Mais il a changé d'avis au dernier moment et préfère désormais n'en tuer qu'un. Mais voilà…

Il fit une pause.

— C'est à nous de décider qui sera cette personne. C'est pourquoi il vaut mieux que tu te présentes.

Tandis qu'Otto faisait les cent pas, sans porter aucun intérêt au nouveau venu, Jiri s'était approché avec son déhanchement habituel. Il scruta le jeune homme et tendit la main vers son torse, mais s'arrêta à dix centimètres de lui.

— Quel corps, commenta-t-il. C'est rare dans le *KZ*…

— C'est vrai, confirma Moshe, suspicieux. Tu as l'air de quelqu'un qui mange à sa faim. Tu viens d'arriver au camp ?

— Il n'y pas eu de trains ces derniers jours, déclara Jacek d'une voix atone. Pas un.

Paul se taisait. Il ne souriait pas et n'avait pas non plus l'air apeuré. Indéchiffrable.

Même Berkovitz s'était approché pour le dévisager.

— Allez, raconte ! Cela vaut mieux pour toi, tu sais. Il faut que nous nous connaissions tous, pour pouvoir juger.

— Pour faire un choix ? demanda Paul.

— Oui, pour en choisir un, répondit Moshe. Tu vois…

Il s'interrompit, ayant remarqué quelque chose du coin de l'œil. Il tourna la tête vers Otto, qui s'en aperçut et cessa ses incessants allers-retours.

— Qu'y a-t-il ? demanda-t-il brusquement.

Moshe continua à le regarder fixement mais ne répondit pas.

— Il faut décider, dit Otto pour faire diversion. Alors, qu'est-ce qu'on fait ?

— La hâte est souvent une suggestion du diable, dit Elias. Souvenez-vous de ce que dit le Talmud à propos d'Ézéchias durant la guerre contre Sennachérib.

Jiri leva les yeux au ciel.

— Il y avait longtemps…, murmura-t-il à l'adresse de Berkovitz.

— Ézéchias ne savait que faire. Alors il convoqua le Tout-Puissant et lui dit : « Je ne peux ni suivre l'ennemi ni me défendre contre lui. Sois charitable, tue-le pendant mon sommeil… »

— Tu veux dire que nous devrions tous nous allonger et dormir ? demanda Jacek.

— Je veux dire que nous devrions prier, afin que Dieu nous montre la voie. Prendre une décision à la hâte revient souvent à prendre une mauvaise décision. Parfois les nœuds se défont d'eux-mêmes.

Moshe s'adressa à ses compagnons.

— Qu'en pensez-vous ? Elias a sans doute raison…

Le rabbin l'interrompit brusquement.

— Je n'ai pas besoin que tu me donnes raison. Je n'en veux pas, de ta raison…

Moshe reprit son discours, ignorant l'intervention d'Elias.

— Le *Kommandant* nous a donné jusqu'à demain matin. Exploitons ce temps jusqu'au bout. Peut-être que Dieu ou quelqu'un d'autre nous éclairera…

— *Le meilleur feu n'est pas celui qui s'embrase le plus vite…*

— Jiri, je ne vois aucun feu ici, observa Moshe.

— Quel *ignorant* tu fais ! Ce n'est pas de moi, mais de George Eliot, l'une de mes auteurs préférés. Et tu sais pourquoi ? Parce que pour être lue, il a fallu qu'elle signe d'un nom d'homme…

— Berkovitz ?

— Moi aussi je serais d'avis d'attendre. C'est comme si le commandant voulait nous presser. N'avez-vous pas l'impression qu'il joue avec nous ? Nous devrions peut-être faire le contraire de ce à quoi il s'attend. De toute façon, avant de nous décider, nous devons savoir qui est ce type, ajouta-t-il en désignant le jeune homme blond.

— Alexey ?

L'Ukrainien se tourna vers Jacek. Le chef de baraquement parla au nom des deux hommes.

— D'accord. Attendons. Je ne vois pas l'intérêt de nous dépêcher.

Otto se précipita vers Moshe.

— Mais vous ne comprenez pas ! Nous…

Une plainte s'éleva soudain du fond de la buanderie.

— Moshe…

La voix était faible. C'était Jan qui l'appelait. Moshe franchit le rideau d'uniformes et se pencha au-dessus du vieil homme, toujours étendu par terre. Jan s'exprimait dans un râle, ses yeux étaient vitreux, ses mains décharnées. Ils reconnaissaient tous ces signes.

— Cessez de discuter, vous n'en avez plus besoin.

— Mais…

Le vieillard interrompit Moshe d'un geste étonnamment impérieux de la main.

— Choisissez-moi.

Moshe secoua vigoureusement la tête.

— Jamais de la vie, Jan. Tu…

— Je vais mourir, Moshe. Tu le sais aussi bien que moi. Toi aussi, Berkovitz.

Jiri détourna le regard.

— Vous le savez tous. Je n'en peux plus. Je suis épuisé. Je n'ai plus d'énergie. Si j'en avais la force, je me lèverai et *j'irai aux barbelés**. Il me tarde que tout cela se termine.

— On va te trouver un peu de soupe, Jan. Cela te fera du bien. Tu te sentiras mieux quand tu auras mangé.

Le vieil homme secoua la tête d'un air résolu.

— Non, non. Je ne veux plus manger. Je n'y arrive plus. Laissez-moi. Je ne vous serais d'aucun secours si j'*allais aux barbelés*. Si je reste ici, ma mort aura au moins servi à quelqu'un. Je vous sauverai, ce qui n'est pas rien…

— Peut-être qu'aucun d'entre nous ne sera fusillé. On ne sait jamais…

— Écoutez-moi…

Mais Jan ne put terminer sa phrase. Une quinte de toux secoua son corps. On aurait dit qu'il allait mourir d'un instant à l'autre. Ses compagnons le regardèrent en silence. Sa toux se calma peu à peu et il se remit à respirer normalement, mais ses poumons émettaient un sifflement.

— J'ai cinquante-sept ans. Si je n'étais pas ici, je serais encore utile. Je pourrais travailler, m'occuper de ma famille, penser à l'avenir. Mais à cinquante-sept ans, ici, je suis condamné. C'est comme si j'en avais quatre-vingts ou quatre-vingt-dix… Je n'en peux plus.

Il toussa de nouveau.

— Nous savons tous que seuls les plus jeunes s'en sortent. Écoute-moi, Moshe, et répète-le aux autres. Appelez le commandant et dites-lui que vous m'avez choisi. Je pense que tout le monde sera d'accord avec cela.

Les efforts qu'il faisait pour parler lui avaient ôté le peu de forces qui lui restait. Il ferma les yeux et cessa de bouger sur sa couverture.

Moshe leva les yeux et fixa Berkovitz.

— Qu'en penses-tu ? demanda-t-il dans un murmure.

— C'est terrible, mais il a raison. Huit contre un, c'est un bon marché.

Ils regagnèrent la table.

— Comment va-t-il ? demanda Jacek.

— Mal. La fin est proche. Il a dit… que nous devions le désigner.

Berkovitz se tut. Moshe savait ce que chacun ressentait : du désespoir, pour être contraint de se comporter d'une manière aussi barbare, néanmoins mêlé à une sensation euphorique de libération.

— Évidemment !

Alexey fut le seul à exprimer sa joie.

— De toute façon, il est condamné. C'est un *musulman*, il n'a aucune chance de s'en sortir. Un jour de plus ou de moins, qu'est-ce que ça change ?

Il avait dit à voix haute ce que tous pensaient.

— Alors, appelons le garde pour le lui dire.

Les autres prisonniers n'eurent pas le courage de parler, et encore moins de bouger. Seul Otto continuait à faire les cent pas entre la lampe et la fenêtre.

— Qu'est-ce que tu fais ? demanda soudain Moshe au *triangle rouge*.

— Comment ?

— Que fais-tu ? Depuis dix minutes, tu marches de cette façon. Pourquoi ?

— Pour rien. C'est nerveux. Il faut que je me défoule, d'une certaine manière.

— Peut-être que oui, dit Moshe en s'approchant de lui. Peut-être que non…

Otto le regarda d'un air inquiet.

— Un homme qui fait les cent pas, cela peut sembler insignifiant. En effet, qu'y a-t-il d'anormal à aller et venir nerveusement ? poursuivit Moshe en regardant ses compagnons l'un après l'autre. Cela dit, si vous regardez l'ensemble de la scène, que voyez-vous ? Imaginez que vous vous trouviez en dehors du camp, où tout est sombre, à l'exception des miradors éclairés. La cloche a sonné depuis longtemps, sauf ici, dans la buanderie, où il y a encore de la lumière. Et, derrière la seule fenêtre éclairée du camp marche une ombre. Mais pas de cette façon.

Moshe fit les cent pas dans la pièce.

— Mais plutôt comme ceci.

Il se mit à imiter la démarche irrégulière d'Otto : deux pas, une halte, trois pas, une halte, un pas, une halte.

— Maintenant, si on réunit les détails et la vision d'ensemble, qu'obtient-on ?

Il regarda les autres prisonniers, qui l'écoutaient dans un silence religieux.

— Quelqu'un qui envoie des signaux, dit froidement Jacek.

Ses compagnons se tournèrent vers lui.

— Exact. Quelqu'un qui émet des signaux. Je ne serais pas surpris qu'il s'agisse de morse ou quelque chose de ce genre.

Otto était blême.

— Vous êtes fous ? Comment pouvez-vous imaginer que…

Moshe se tenait à quelques centimètres de lui. Le *triangle rouge* était aussi grand que lui, mais bien plus robuste. Pourtant, Moshe se sentit plus fort à ce moment précis.

— Nous n'imaginons rien, Otto. Nous observons et déduisons. Dis-nous, Otto : qui guette tes signaux dehors ?

Otto chercha à réfuter l'accusation d'un sourire, mais son visage se déforma en un rictus équivoque.

— Vous avez perdu la tête ! Pour quelle raison enverrais-je des signaux à l'extérieur ? Cela n'a pas de sens !

— Peut-être qu'un SS te surveille et qu'il va s'empresser de rapporter tes informations au commandant. Le camp est plein d'espions, comme tu n'es pas sans le savoir. Si cela se trouve, l'évasion est une histoire inventée de toutes pièces. Le commandant nous a réunis ici pour apprendre autre chose…

— Vous oubliez que je…

— Que tu fais partie du Mouvement, ça, nous le savons. Peut-être t'es-tu vendu au commandant. Breitner a peut-être envie de savoir si d'autres camarades du *Kampfgruppe** se cachent dans notre baraquement. Qui serait mieux placé que toi pour le découvrir ? De toute façon, le mot *camarade* ne veut plus rien dire. Ceux d'entre vous qui deviennent kapos se comportent exactement de la même façon que les autres, voire pire. À grands coups de matraque !

Otto rougit, mais ne répliqua pas.

Jiri s'approcha d'eux après avoir fait le tour de la pièce de son pas langoureux.

— Cette situation me fait penser à une vieille blague juive. Oh, vous, vous devez la connaître, dit-il à l'adresse de Moshe, Berkovitz et Elias. Mais les autres ne la connaissent sans doute pas. Alors, c'est l'histoire d'un important commerçant de Budapest qui, chaque fois qu'il fait une bonne affaire, ordonne à sa femme d'éclairer la maison avec une seule bougie. Par contre, quand les affaires sont mauvaises, il lui demande d'allumer toutes les bougies qu'ils possèdent, dans toutes les pièces. Sa femme s'exécute mais ne comprend pas. Elle finit par lui demander le sens de tout cela. « C'est simple, lui répond son mari : quand les choses vont mal, je veux que les autres soient aussi en colère ; en voyant la maison éclairée comme en plein jour, ils pensent que je gagne bien ma vie. Quand tout va bien, par contre, je leur accorde, à eux aussi, une petite joie, en leur laissant croire que je n'ai même pas de quoi me payer des bougies. »

Jiri avait raconté la blague avec l'art d'un grand comédien. Il s'ensuivit le même silence que lorsque le rideau tombe sur une scène de théâtre.

— Ton histoire arrive à point nommé, observa Moshe. À une petite différence près. D'abord, nous ne sommes pas en présence d'un commerçant de Budapest, mais d'un communiste de… D'où viens-tu, Otto ?

— De la Ruhr.

— De la Ruhr. Ensuite, ce monsieur prend en dérision l'envie de ses voisins, alors qu'ici… Otto, à qui envoyais-tu ces signaux ?

L'Allemand jeta un coup d'œil autour de lui. Les autres le dévisageaient avec une méfiance affichée. S'ils avaient dû faire fusiller quelqu'un à ce moment-là, ils n'auraient pas hésité.

— D'accord, soupira Otto au bout d'une interminable minute de silence. Je vais tout vous expliquer.

Il s'approcha de la fenêtre puis se retourna, offrant son dos à l'obscurité du dehors.

— Je ne suis pas un espion. Je suis le commandant de la Résistance.

Il lança un regard foudroyant à Jacek.

— Fais attention, l'avertit-il. Si tu vas raconter cela aux SS, tu ne vivras pas un jour de plus. Mes amis te trancheront la gorge dès que les lumières seront éteintes.

— Tu n'es pas en mesure de menacer qui que ce soit, Otto.

— Raconte-nous, le pressa Moshe.

— C'est nous qui avons organisé l'évasion. Je ne peux pas vous révéler de quelle façon. L'évasion d'il y a trois jours n'était qu'un essai. Comme elle a réussi, nous allons maintenant entreprendre une vaste opération. Ce sont les gros bonnets du Parti qui vont s'échapper cette fois.

— À commencer par toi, je suppose, insinua Jacek.

— Bien sûr, à commencer par moi. Nous allons procéder à une opération de grande envergure.

— Dérober une marmite entière de *Wassersuppe* ? demanda Moshe.

— Nous prévoyons l'évasion d'au moins dix camarades du Parti, qui font partie des *Arbeitskommandos** travaillant à la *Buna*. Nos amis de la *AK*[1] nous y aideront.

— Et ensuite ? Vous allez déclarer la guerre au Luxembourg ?

1. Armia Krajowa, le plus important mouvement de résistance en Pologne pendant la Seconde Guerre mondiale. *(N.d.T.)*

— La guerre sera terminée dans moins de six mois. Il est important que le Parti se reforme au plus vite. Le Parti a besoin de nous. Il ne faut plus qu'une chose de ce genre se reproduise en Allemagne.

— En somme, tu te sacrifies pour le bien de l'Europe...

— C'est une action qui dépasse les individus et qui est organisée depuis des semaines. Ils m'attendent. C'est pourquoi j'essayais d'entrer en communication avec eux. Il faut qu'ils sachent que je suis encore vivant. Les SS sont venus nous chercher juste au moment où l'évasion devait avoir lieu. Sans moi, l'opération risque d'échouer. Il faut que je sois sorti d'ici avant demain matin, 5 heures, d'une façon ou d'une autre.

Moshe le dévisagea, l'air dubitatif. Berkovitz était lui aussi perplexe. Il ôta ses lunettes et se massa le nez. Jiri s'était remis à chanter *« Sass ein Jäger mit seiner Lola... »*. Jacek et Alexey fixaient Otto avec une hostilité non dissimulée.

— Vous ne me croyez pas, dit Otto.

— À toi de nous convaincre, répondit Moshe.

Otto reprit la parole.

— En Allemagne, j'étais étudiant en médecine. Ma mère est morte quand j'étais tout petit. Mon père et mon frère travaillaient chez Krupp. Ils se brisaient le dos pendant dix ou douze heures d'affilée. Comme j'étais le plus intelligent de la famille, toutes nos économies servaient à payer mes études. Je voulais devenir médecin. Un grand médecin. Pour pouvoir soigner gratuitement les enfants des ouvriers et faire payer ceux qui pouvaient se le permettre. Comme tous les jeunes gens, je ne connaissais rien à la vie.

Il pâlit.

— Un jour, il y a eu un incident dans l'usine, dans le haut-fourneau. Mon frère est mort sur le coup, et mon père cinq jours plus tard, sans avoir repris connaissance. Je me suis retrouvé seul. J'ai dû abandonner mes études et je suis allé, moi aussi, travailler à l'usine. Je n'ai jamais oublié mon frère ni mon père.

Un lourd silence tomba dans le baraquement.

— C'est terrible, dit Moshe. Mais cela ne prouve pas que ce que tu dis soit vrai. À qui adressais-tu ces signaux ? Pourquoi sommes-nous ici, tous les neuf ? Pourquoi ont-ils fait sortir Aristarchos et l'autre garçon ? Et qui est ce jeune homme ? demanda-t-il encore en désignant le jeune blond, resté muet depuis son arrivée. Pour moi, tu es un espion, poursuivit Moshe en s'adressant à Otto. Tu…

Mais il n'eut pas le temps de finir sa phrase. Elias, qui s'était tu jusque-là, se déchaîna soudain sur lui.

— Un espion ! Et c'est toi qui dis cela ! Comment oses-tu lancer une telle accusation ? Un espion !

Son visage était déformé par la colère. Les autres n'en croyaient pas leurs yeux. Ils le considéraient comme un homme calme, qui ne haussait jamais la voix.

Moshe ne répondit pas. Il se contenta de baisser les yeux, non sans embarras. Ce qui surprit également les autres prisonniers. D'ordinaire, Moshe affrontait toutes les situations avec une certaine désinvolture.

— Traître… Manipulateur… Vipère ! criait Elias.

Jiri tenta de le prendre dans ses bras pour le calmer, mais Elias le repoussa brutalement.

— Il est temps que vous sachiez qui est cet homme, qui a le culot de traiter quelqu'un d'espion. Il y a vraiment de quoi rire !

Personne n'osait plus intervenir. Même Jacek et Alexey faisaient preuve de curiosité. Otto lui-même avait oublié sa propre urgence.

— L'homme que vous voyez là… Moshe Sirovich, agent immobilier de métier, était une personne connue dans tout le quartier, et même, si j'ose dire, dans tout Varsovie. Non pas estimée, mais plutôt redoutée. Nul n'avait un sens des affaires comme le sien. Un renard déguisé en agneau…

— Elias, le supplia Moshe en levant les yeux, l'espace d'un instant.

— Tais-toi, sale chien ! Tu es un traître à l'apparence angélique, exactement comme Jésus. Tu es capable d'ensorceler n'importe qui avec tes discours. Vous pensez que je mens ? Lui sait bien que je dis vrai. Combien de gens as-tu entourloupés, avec tes trafics ? Des Juifs et des goys : cela ne faisait aucune différence. On t'admirait pour ton sens des affaires, y compris au sein de notre communauté. Moi aussi, je l'avoue, j'ai été fasciné par ton habileté. Au point de… de te faire confiance. Te faire confiance ! La plus grande erreur de ma vie !

— Cela ne les regarde pas, Elias !

— Cela ne les regardait pas jusqu'ici, Moshe. Mais à présent… Il faut qu'ils sachent à qui ils ont affaire. Tu as accusé Otto d'être un espion. Je ne sais pas si c'est la vérité. Mais je sais que toi, tu es capable de trahir ton meilleur ami. Il faut qu'ils le sachent. Maintenant, c'est important.

Elias passa le dos de sa main sur ses lèvres. La soif se faisait sentir. Le seul moyen de s'hydrater au camp, c'était la soupe. Mais personne ne leur avait encore apporté à manger.

— À Varsovie, alors que nous étions déjà enfermés dans le ghetto, Moshe était l'un de mes amis. Mon meilleur ami, même. Quelques mois auparavant, il m'avait permis de réaliser une bonne affaire et j'avais attribué son geste à son grand cœur. J'étais devenu aveugle, au point de ne pas comprendre qu'il avait tout manigancé.

— *Timeo Danaos et dona ferentes*, récita Jiri.

— Ne l'interromps pas ! aboya Alexey. On s'en fout, de tes proverbes en roumain !

— Mon meilleur ami, disais-je. Ma femme et moi l'invitions souvent à la maison. Il dînait chez nous deux ou trois fois par semaine. Nous l'accueillions avec les honneurs, comme un personnage important. J'étais émerveillé par sa gentillesse, sa désinvolture. Je ne vous cache pas que, pendant un moment, j'ai rêvé de devenir comme lui. J'étudiais ses mouvements, ses paroles, ses gestes, et même son sourire. Nous étions tous sous le charme. Y compris ma fille, avant qu'elle…

Il s'arrêta un instant, submergé par l'émotion.

— Et ma femme. Oui, ma femme, surtout.

Elias se tut et un silence absolu envahit la pièce.

— Vous avez compris comme cela s'est fini ? Sous mon nez ! Son culot était sans limites. Tout le ghetto se moquait de moi… J'ai été le dernier à m'en apercevoir.

Un éclair malicieux traversa le regard de Jiri, mais il s'abstint de tout commentaire. Les autres se taisaient aussi, lorsque Alexey éclata de rire.

— Il fallait s'y attendre ! Notre Moshe, ce commerçant qui sait tout de l'art des combines, malin et rapide…

— Et qui traite tous les jours avec les nazis, ne l'oublions pas, fit remarquer Jacek.

— Tais-toi, ordonna Moshe. Ce n'est pas toi qui vas venir nous faire la leçon sur le sujet.

Elias semblait s'être repris. Il se sentait serein, maintenant qu'il s'était délesté du poids qu'il avait sur le cœur.

— Je vous ai raconté tout cela afin que vous sachiez de quelle étoffe cet homme est fait. De quoi il est capable. Gardez-vous bien de lui accorder votre confiance.

— Je ne peux pas te blâmer, dit Moshe à son ancien ami.

— Ai-je menti ? demanda le rabbin.

— Tu n'as pas menti. Mais tu n'as pas non plus dit toute la vérité. Tu leur demandes de me juger. Cette nuit, il faudra choisir l'un d'entre nous. Mais pour cela, il faut que chacun connaisse les détails de l'histoire. Les détails, Elias.

— Tu ne peux rien raconter qui puisse me faire changer d'avis sur toi.

— Peut-être, mais je veux tout de même essayer. Il est vrai, Elias, que j'ai trahi ta confiance. J'en suis conscient et, si cela peut te donner quelque satisfaction, je ne me le pardonne pas. Mais tu oublies qu'à cette époque ta femme souffrait d'une grave dépression et que la cause de cette maladie, c'était toi.

Elias se boucha les oreilles avec les mains et plissa ses yeux pour ne pas voir.

— Tais-toi ! Silence ! Faites-le taire ! Je ne supporte pas ces mensonges !

Moshe s'approcha de lui, le saisit aux poignets et écarta ses mains de son visage.

— Non, Elias. Il faut que tu m'écoutes, pour pouvoir confirmer ou infirmer ce que je vais dire.

Il se tourna vers le reste de l'auditoire. Derrière lui, Elias, abattu, laissa ses bras tomber le long de son corps.

— Ils m'ont accueilli chez eux, c'est vrai. Et j'y suis allé en ami. Il est vrai, également, que j'ai rapidement commencé à éprouver des sentiments pour sa femme, Myriam. Mais je n'aurais jamais osé l'approcher si…

s'il n'était pas arrivé ce qui est arrivé. Myriam et Elias avaient une fille, Ida, âgée de huit ans. Elle était mignonne, adorable, blonde comme sa mère. Elle m'appelait « mon oncle »… Quand j'arrivais, elle criait : « C'est l'oncle Moshe ! » et me sautait au cou. Je lui apportais chaque fois des gâteaux, des petits cadeaux. Même au sein du ghetto, je n'avais pas de problème pour me procurer tout ce qui pouvait lui faire plaisir…

— Qu'est-ce que je vous disais ? le coupa Elias. Il a employé les moyens les plus sournois pour s'introduire dans notre foyer et gagner notre affection.

Mais Moshe ignora son interruption.

— Nous savions que nous étions en danger. Nombre d'entre nous avaient l'illusion que le ghetto serait notre lieu de résidence définitif. Certains s'en réjouissaient même. Notre communauté, confinée à l'intérieur du ghetto, était encore plus unie. C'était plutôt agréable de ne croiser que des visages connus et amis, tandis qu'à l'extérieur… les nazis incendiaient le monde. Beaucoup croyaient qu'ils nous laisseraient tranquilles, dans le quartier qui nous était réservé, jusqu'à la fin de la guerre.

— C'est la raison pour laquelle nous nous retrouvons ici. Nous nous sommes trompés dans nos calculs, observa Berkovitz.

— En effet. Nous n'avons compris le danger que trop tard. Mais j'avais des contacts, je savais ce que les nazis avaient en tête. J'ai donc averti Elias et Myriam. Je les ai suppliés de se réfugier en lieu sûr. Nous avions encore le temps d'agir. Mais Elias est resté inflexible. Comme toujours, il a préféré s'en remettre à la volonté de Dieu. Personnellement, j'aurais pu m'enfuir, mais je ne pouvais pas m'éloigner de Myriam. Pour la première fois de ma vie, j'ai écouté mon cœur.

— Tu n'as pas de cœur, siffla Elias.

— Malgré le refus d'Elias, j'ai trouvé le moyen de sauver au moins Ida. Elle était si blonde et si gracieuse qu'il n'aurait pas été difficile de la faire passer pour une Aryenne. Une famille catholique était disposée à l'accueillir et à expliquer qu'il s'agissait d'une petite nièce revenue de Silésie. Ils auraient même pu lui trouver un traitement adapté…

Les yeux d'Elias s'humectèrent tout à coup.

— Quel traitement ? demanda Berkovitz.

— Elle avait un problème à la moelle, un problème de globules blancs. Les médecins avaient déclaré qu'il n'y avait aucun espoir de guérison, n'est-ce pas, Elias ?

Le rabbin resta muet et se contenta de hausser les épaules. L'émotion le submergeait.

— Mais j'avais entendu dire qu'à Berlin ou en Amérique on avait fait une découverte en rapport avec les rayons X. Nous serions peut-être parvenus à l'emmener là-bas après la guerre…

— Ida était condamnée, murmura Elias, plus à lui-même qu'aux autres. Dieu en avait décidé ainsi.

— Mais la maladie n'était pas encore grave, du moins à ce stade. Ida était un peu pâle, mais personne n'aurait pu suspecter qu'elle était malade. En tout cas, j'avais réussi à me procurer les papiers nécessaires. Grâce à quelques montres en or et des brillants, j'avais acheté une patrouille de surveillance. Ida pourrait sortir du ghetto, cachée dans un corbillard, pour rejoindre sa nouvelle famille. Myriam était d'accord. La mort dans l'âme – il n'était pas facile de se séparer, qui sait pour combien de temps, de sa fille – mais elle était d'accord. Est arrivée la nuit où Ida aurait dû s'enfuir. Mais, au dernier moment, il s'est défilé.

Moshe désigna Elias d'un signe de tête.

— Il a parlé de Dieu, d'Abraham et de je ne sais quoi et il a refusé de la laisser partir. Nous l'avons exhorté, supplié, Myriam et moi. Mais rien à faire. Il est resté inébranlable. Il ne supportait pas l'idée que sa fille passe pour une catholique. Il prétendait que Dieu ne lui aurait jamais pardonné, qu'il ne pouvait trahir son Dieu… Ce même Dieu, qui nous a conduits ici, n'est-ce pas, Elias ? À l'aube, la patrouille a été relevée. Nous ne pouvions plus rien faire. Quinze jours plus tard, ils ont débarqué dans le ghetto et nous ont emmenés. Sur la *rampe**, un officier a séparé Ida d'Elias et Myriam. Depuis, on ne l'a plus revue.

Elias était plié en deux, haletant. S'il avait pu, si le *KZ* n'avait pas asséché toutes ses larmes, il aurait pleuré.

— Voilà ce qui s'est réellement passé. Voilà ce qui est arrivé à la famille d'Elias. Ida a disparu et Myriam… elle s'est mise à le haïr. Elle n'a plus voulu qu'il la touche. À ses yeux, il n'existait plus. Mais, derrière cette cuirasse, Myriam souffrait. Elle souffrait bien plus qu'elle ne pouvait le supporter.

— Alors tu t'es chargé de la réconforter, n'est-ce pas ?

Elias s'était repris, animé à présent par une colère sourde. Il sortit une photographie froissée de sa veste crasseuse et la brandit.

— Regardez ! C'est Ida. Ma petite Ida.

Les regards des prisonniers convergèrent vers l'image de la petite fille menue, gracile, avec de longues tresses blondes, au sourire triste de prédestinée.

— Tu es fou de garder une photo sur toi ! s'exclama Berkovitz. S'ils la découvrent, ils vont te matraquer. Tu prends des risques inutiles !

Elias haussa les épaules sans répondre. Il tenait la photographie avec un empressement plein de délicatesse.

Il la porta à ses lèvres et l'embrassa, avant de la remiser sous ses vêtements.

— C'est la seule personne au monde qui ne m'ait jamais déçu...

— Ça suffit ! dit Berkovitz. Assez de ces petits drames bourgeois ! Nous sommes dans un *KZ*. Il est inutile de pleurer sur notre vie passée. Elle est derrière nous. Nous ne devons penser qu'au présent.

Jacek avança d'un pas.

— Bien. Très bien... Alors... Nous avons un *triangle rouge* suspecté d'être un espion, un trafiquant juif qui a trahi son meilleur ami, un juif orthodoxe qui a empêché que sa fille soit sauvée et a jeté sa femme dans les bras de son acolyte, un homosexuel qui fricote avec quelques *Prominenten* en échange de faveurs, un riche financier juif qui, jusqu'au dernier moment, a traité avec les nazis, un vieux Juif à l'article de la mort...

— Tu oublies un criminel polonais, espion pour le compte du commandant, ainsi que son assistant qui a déjà fracassé, ici même, quelques têtes, ajouta Moshe. Oui, tu as raison. Pour élire notre victime, nous n'avons que l'embarras du choix.

— Vous faites erreur, intervint Berkovitz. Vous avez cité huit personnes. Or, nous sommes neuf. Il manque celui-ci, dit-il en montrant le dernier venu.

— C'est vrai, dit Jacek. Il serait temps de savoir qui il est. Nous aurons peut-être la chance de découvrir que nous sommes en bonne compagnie.

Ils s'approchèrent du jeune homme blond qui demeurait silencieux, mais ne purent formuler aucune question. Car la porte s'ouvrit une nouvelle fois.

20 heures

L'*Oberscharführer* se posta, les jambes écartées, sur le seuil de la buanderie.

— Le commandant aimerait savoir si vous avez fait votre choix.

— Il nous a donné jusqu'à demain matin, répondit Berkovitz. Quelle heure est-il ?

— 20 heures.

— Et la soupe ? Nous n'avons rien avalé depuis ce matin…

— Rédigez une plainte officielle sur le formulaire WH-114. Vous la remettrez au *Blockältester* compétent qui le fera passer au *Lagerältester**.

Le sous-officier rit de sa propre plaisanterie.

— On vous apportera la soupe tôt ou tard. Mais, pour l'heure, nous avons d'autres chats à fouetter.

Il se tourna vers l'extérieur et fit un signe aux gardes qui se trouvaient dehors.

Les neuf *Häftlinge* retinrent leur respiration.

Dans le triangle de lumière apparut tout d'abord une main. Des doigts longs, fins, presque diaphanes. Puis un bras, perdu dans la manche de son uniforme à rayures.

Une femme.

Hésitante, elle regarda autour d'elle, aveuglée par la lumière de l'ampoule. Moshe et Elias blêmirent.

— Myriam…, s'exclama Moshe.

Elias fut incapable d'articuler un mot. Sa mâchoire tressaillait.

La femme demeura silencieuse, immobile au milieu de la pièce. Elle portait un uniforme trop large pour elle, dont dépassaient à peine ses membres squelettiques. Ses cheveux étaient coupés court et irrégulièrement. La tondeuse du coiffeur avait, comme à son habitude, réalisé un piètre travail. Ses orbites étaient creuses, ses joues émaciées, ses yeux saillants. Seule une légère contraction de la paupière révéla son émotion.

— Bien, bien, déclara l'*Oberscharführer*, je vois que vous vous connaissez déjà. Alors vous vous tiendrez volontiers compagnie. Le règlement interdit de laisser les hommes et les femmes ensemble, mais, pour une fois, nous fermerons les yeux. Si vous voulez déposer une plainte à ce sujet, ce sera le formulaire KK-206.

Il tourna les talons sans saluer et referma la porte derrière lui.

Les *Häftlinge* se retrouvèrent seuls. Et, de nouveau, ils étaient dix.

— Myriam, répéta Moshe en faisant un pas dans sa direction.

Au même moment, Elias avança lui aussi, mais, se rendant compte que Moshe l'avait précédé, il fit demi-tour et traversa la buanderie. Puis il se posta devant le mur et le fixa en feignant l'indifférence.

— Myriam…

Moshe semblait incapable de trouver d'autres mots.

Alexey fit une moue amusée.

— Eh bien, la putain du camp est arrivée ! dit-il.

Le jeune homme blond, qui jusque-là était resté muet, bondit soudain sur ses pieds, l'air féroce.

— *Ruhe, Schwein !*

Et, s'approchant d'Alexey, il pointa l'index sur son torse et lui ordonna :

— *PE CTAB CE E HA A OCA I EPMAH – CbKOMY PAB iHHi. K O OTPOH C O iEi iHK E PA, TO PO TE E KIHE b KAMiHi. PO Mi ?*

Les autres suivirent la scène, perplexes, sans comprendre un mot. Ils virent seulement Alexey blêmir. L'assistant du chef de groupe avait soudain perdu son arrogance habituelle. Il finit même par baisser les yeux sans répliquer.

— Qu'est-ce qu'il a dit ? lui demanda Jacek.

Alexey secoua la tête.

Pendant ce temps, Moshe s'était rapproché de Myriam. Il tendit la main pour caresser ses cheveux mais, avant qu'il n'ait pu l'effleurer, elle écarta brusquement sa main.

— Laisse-moi !

— Myriam, tu ne comprends pas. Nous…

— Je sais. L'*Oberscharführer* m'a tout expliqué. Il faut que vous choisissiez l'un d'entre vous d'ici demain matin.

— Justement, nous étions en train d'en parler. Nous…

Elle l'interrompit.

— Faites ce que vous voulez. Cela m'importe peu. Plus rien ne m'importe, en fait, tu comprends ?

Elle s'éloigna, écarta les uniformes étendus sur le fil et s'enfonça dans l'obscurité de la buanderie. Moshe voulut la suivre, mais Elias intervint.

— Laisse-la tranquille. Tu lui as déjà fait assez de mal.

Moshe tenta de contourner l'obstacle, mais le rabbin le saisit par le poignet et le fusilla du regard.

— Non !

Moshe retourna près de la table.

Entre-temps, Jacek avait fixé des couvertures sur les fenêtres.

— Comme ça, nous ferons notre choix nous-mêmes.

Otto protesta.

— Tu risques de faire échouer l'évasion ! Ce n'est pas possible ! Vous…

Berkovitz l'interrompit.

— Jacek a raison. Tant que nous ne saurons pas s'il se trouve un espion parmi nous, il vaut mieux rester prudent.

Otto voulut argumenter, mais se ravisa.

— Alors, reprit Jacek, que décidons-nous ?

— Tu vois, Felix, la plupart des gens pensent que les échecs sont la métaphore d'une bataille idéale.

Le petit garçon fixait les pièces disposées sur l'échiquier, sans grand intérêt pour le discours alambiqué de son père.

— Et c'est vrai. C'est une bataille idéale, parce que les forces en présence sont identiques. Le seul avantage est que le blanc avance en premier.

Le commandant effleura un cavalier.

— Tout dépend seulement de l'intelligence et de l'habileté du commandant, poursuivit-il en soupirant. Malheureusement, il n'en est pas toujours ainsi, dans la réalité. Sais-tu ce que disait Napoléon ? « Aux bons généraux, je préfère les généraux chanceux. » La chance constitue souvent un élément fondamental. On peut franchir la ligne d'arrivée grâce à sa ténacité et à son engagement, mais il suffit parfois d'un rien pour que tout s'écroule…

Le regard de Breitner se perdit dans le vague. Il repensait aux dernières nouvelles du front.

— Mais les échecs ne représentent pas seulement les batailles, reprit-il. Ils nous informent également sur les hommes. Prends le cavalier, par exemple.

Il prit la pièce et la montra à son fils.

— Il te tourne autour, te déséquilibre, te prend par surprise. C'est le soldat aux ressources inattendues, qui prend de court, qui ne va jamais droit au but mais préfère emprunter des chemins tortueux.

Breitner reposa la pièce sur l'échiquier et en attrapa une autre.

— La tour, c'est tout le contraire. La tour est un guerrier impavide, tout en force et courage. Mais hélas, elle est tellement prévisible… Elle avance tout droit sur sa route sans voir personne. Malheureusement, ses facultés d'adaptation sont limitées et elle ne possède jamais de solutions alternatives. En un mot, elle n'a aucune imagination.

Felix eut l'air de s'intéresser davantage aux paroles de son père.

— Et le fou, papa ? Lui aussi, il va tout droit ?

Breitner sourit.

— Oh, non, Felix. Il est vrai que le mouvement du fou est proche de celui de la tour. Mais le fou ne va pas tout droit : il avance en biais. Il ne peut pas faire d'écart comme le cavalier, mais en même temps ses trajectoires sont traîtresses. Si tu es distrait, le fou est prêt à te punir. Par sa progression oblique, il peut pénétrer les défenses les plus serrées… Ce qui n'arrivera jamais à la tour.

Felix soupesa le fou noir qu'il avait dans la main et le scruta avec une pointe de suspicion. Il n'aimait pas le fou.

— Et les pions, papa ?

— Les pions sont de la chair à canon. De simples soldats. Mais il faut tout de même y prêter attention. Ce sont les seules pièces qui prennent ceux qui se trouvent non pas devant, mais à côté d'elles. C'est un peu comme si l'on donnait une mitraillette à un soldat d'infanterie : il deviendrait dangereux.

Breitner prit une autre pièce.

— Il y a aussi la reine.

— Elle est forte, la reine ! C'est la plus forte de toutes les pièces ?

— Oui. C'est la plus précieuse. C'est pourquoi il ne faut pas la perdre. Il faut la protéger. On ne peut pas l'exposer dans une bataille ouverte. La reine ne frappe que lorsqu'elle est en sécurité. Ou quand elle n'a pas d'alternative.

Le petit garçon contempla la dernière pièce avec révérence.

— Papa, il manque le roi.

— C'est vrai, il manque le roi.

Breitner plaça la pièce devant ses yeux et l'observa comme s'il la voyait pour la première fois.

— Le roi. Le vrai but du jeu.

— Mais il ne sait rien faire, papa. C'est bizarre...

— Tu as raison. Il n'avance que d'un pas à la fois. Il est tellement faible et inoffensif qu'on a inventé un déplacement spécial, rien que pour le protéger : le roque.

— Mais le roi devrait être le plus fort de tous, non ?

— Il l'est, Felix. Le roi n'est pas seulement celui qui, dans la bataille, commande les soldats. Il est plus que cela. Il est l'idéal pour lequel tous les autres se battent. C'est le Saint-Graal, le but ultime, la vraie raison de toutes les guerres. Ce n'est ni une personne ni une simple pièce, mais un élément beaucoup plus important que tout cela. Il est la raison même pour laquelle nous combattons.

Breitner jeta un coup d'œil à l'extérieur, sur l'obscurité dans laquelle était plongé le camp, comme s'il y cherchait la confirmation de ce qu'il venait de dire. Tout ce qu'il vit fut les réflecteurs des tours de garde.

Son regard revint se poser sur l'échiquier. Il reposa le roi à sa place.

— Parfait, soupira-t-il. Je pense que nous pouvons commencer.

— Alors ? Qu'en pensez-vous ? demanda avec impatience l'ancien chef de baraquement.

— Faites comme bon vous semble. Cela ne me regarde pas, répondit Otto.

— Comment ça, cela ne te regarde pas ?

Otto ignora Jacek et s'adressa aux autres.

— Mon rôle est trop important dans le plan que nous avons mis en place. Je dois survivre. Pas pour moi, mais pour l'avenir, pour nous tous.

Le silence retomba pendant quelques instants, puis Berkovitz prit la parole.

— On verra cela plus tard. Il faut d'abord que certains doutes sur ton compte soient levés. Mais si l'on prend en considération tous les éléments que nous avons, je pose la question : pourquoi pas Alexey ? Nous savons tous quel homme il est. Il nous a tous matraqués.

— Vous n'y arriverez jamais, siffla Alexey.

Il sortit son couteau de sa veste et le brandit en serrant les dents.

— Le premier qui s'approche, je lui tranche la gorge. Cela vaut pour toi, mais aussi pour lui, dit-il en désignant Jacek.

Cette fois, le chef de baraquement ne fit rien pour l'arrêter.

Elias intervint.

— Moi, par contre, je n'ai aucun doute, dit-il d'une voix vibrante. Je vous ai raconté mon histoire et celle de ma femme, qui peut-être ne vous intéresse pas. Alors parlons plutôt du camp. C'est un sujet que vous connaissez bien. Et vous savez que Moshe trafique tous les jours avec les nazis. Il ne les hait pas : il fait des affaires avec eux. Et qui sait si nous ne faisons pas nous-mêmes partie des affaires en question. J'ignore comment il parvient à faire sortir autant de choses du *Kanada* : des montres, des bijoux, des alcools forts, des cigares… Il s'achète tout le pain et toute la soupe qu'il veut. Et même de la margarine ! Je ne serais pas surpris d'apprendre que les SS le laissent parfois entrer dans le bloc 29. Tu aimes bien les Polonaises, hein, Moshe ? Il est capable de tout, vous savez. Je n'ai aucune confiance en lui.

Moshe secoua la tête.

— Je fais des affaires avec les Schleus, c'est vrai, admit-il.

Il regarda les autres prisonniers un par un, dans les yeux.

— À Varsovie, j'étais agent immobilier. J'avais l'habitude de traiter avec les gens. Dans mon métier, il faut comprendre les gens : quel est leur genre, ce qu'ils veulent, ce qu'ils aiment, ce qu'ils n'aiment pas. Souvent, eux-mêmes ne le savent pas, et c'est à nous de le leur expliquer, tout en leur laissant croire que ce sont eux qui décident. C'est ainsi que l'on conclut les meilleures affaires. Ici, c'est la même chose.

Il se déplaça lentement autour de la table.

— Les Schleus font bien la guerre, mais ils ne sont pas bons en affaires. Les affaires, ce sont des gens comme moi ou comme lui – il désigna Berkovitz – qui les font. Ici, chaque jour, je fais des affaires. Simplement parce que je veux la même chose que vous tous : je veux survivre.

Revenu à son point de départ, il s'arrêta.

— Qu'y a-t-il de mal à cela ? Faut-il que je refuse tout contact avec l'ennemi ? Devrais-je préférer mourir pour défendre... comment appelez-vous cela ? Ma dignité, c'est cela ?

Personne ne répondit.

— Si je ne faisais pas d'affaires avec les nazis pour le pain, la soupe ou les cigarettes, pensez-vous que les Russes seraient déjà entrés dans les camps pour nous libérer ? Si je refusais de dérober des objets au *Kanada*, pensez-vous que Berlin serait déjà tombée ? Ne serais-je pas déjà mort, au contraire ? Je serais certainement là, au *Kremchy*, à attendre qu'on m'enfourne. Peut-être que, grâce à moi, les Schleus ont quelques montres en plus, mais...

Elias, qui l'écoutait en affichant une expression indignée, le coupa.

— Des montres volées à des morts, ne l'oublie pas ! Volées à ceux qui ont pris ce chemin. Aux femmes qui se retrouvaient sur la *rampe* sans savoir ce qu'il allait advenir d'elles !

— À tous ceux-là aussi, oui, confirma Moshe. Tu es allé sur la *rampe*, Elias ? Non. alors je vais te dire comment cela se passe. Les *Häftlinge* comme nous les réconfortent, ils les encouragent, ils affirment qu'il ne leur arrivera rien. Les femmes et les enfants par ici, les hommes par là... « Ne vous inquiétez pas, les amis, vous serez bientôt de nouveau réunis. Après la douche... »

— Tu... tu..., bredouilla Elias sans trouver ses mots.

— Je suis un monstre, c'est ça ? C'est possible. Je l'ai fait, comme d'autres l'ont fait. Toi aussi, Berkovitz, tu étais à la *rampe*. Tu leur as bien dit qu'il ne leur arriverait rien, n'est-ce pas, Berkovitz ?

Berkovitz ne répondit pas.

Moshe se tourna vers Elias.

— Sais-tu pourquoi nous leur disons tout cela ? Parce que les avertir serait inutile. Ils finiraient de toute façon dans les fours et nous…

— Vous vous feriez matraquer.

— Ou abattre, d'un coup de revolver sur la nuque. Et maintenant, rabbin, dis-moi : est-ce que j'agis mal ? Que dit le Talmud à cet égard ? À moins que j'ai oublié de cocher les bonnes cases ?

Dans son coin, Jiri se mit à applaudir au ralenti.

— Bravo ! Vraiment, bravo ! Quand je rouvrirai le *Kabarett*, je t'embaucherai pour écrire des textes !

Le *triangle rose* exécuta un tour sur lui-même et repassa la barrière des uniformes étendus sur la corde. Moshe le vit s'approcher de Myriam et s'asseoir près d'elle sur une couverture. Il lui caressa timidement les cheveux ; elle ne le repoussa pas.

— Ma pauvre, dit Jiri. Comme tu as dû souffrir…

Alexey avait suivi la scène avec un sourire sarcastique. Puis il regarda les prisonniers qui étaient restés autour de la table. Paul était distant et semblait distrait.

— Et si on la choisissait, elle ? demanda Alexey à voix basse, afin que le jeune homme blond ne l'entende pas.

— Tu es fou ! s'exclama Moshe.

— Allez… On sait bien que les chances de survie, pour une femme, sont infimes. Regardez-la : c'est déjà une *musulmane*. Elle ne tiendra pas plus de quelques semaines. Alors…

— Tais-toi, Alexey. Je ne te permets pas de mêler Myriam à tout cela. Elias, dis-le-lui…

Elias se mordillait les lèvres en silence.

— Vous êtes des sentimentaux, poursuivit Alexey avec mépris. Il faut choisir le plus faible, et le plus faible, c'est elle.

— Tais-toi ! ordonna Moshe. Si tu continues…

Il s'interrompit. Myriam se trouvait juste derrière eux. Elle s'approcha et posa ses paumes sur la table. La lumière de l'ampoule accentuait ces cernes profonds. Jiri la suivait de quelques pas.

— Vous parliez de moi.

— Nous…, balbutia Elias, embarrassé.

— Ne t'inquiète pas, j'ai compris.

— Non ! s'écria Elias en rougissant. C'est Alexey. Ce n'est pas un homme.

— Et pourquoi ? demanda Myriam. Il a raison. Je suis la plus faible, ici. Il est juste que ce soit moi qui y passe.

— Ah ! Vous voyez bien ! dit Alexey. Elle le dit elle-même. Bien. Nous n'avons plus à discuter. Nous sommes tous d'accord, semble-t-il.

Il caressait le manche du couteau, tout en parlant.

— *Scheiße !*

Le jeune homme, dans son coin, avait bondi comme un ressort et, après avoir désarmé Alexey d'un coup de pied précis et puissant, il se jeta sur lui.

— *Schwein !* cria-t-il tout en cherchant à l'étrangler. Tu veux condamner une femme ! Espèce de lâche !

Le colosse ukrainien, surpris par l'agression, n'eut pas le dessus. Il se débattit par terre en essayant de desserrer l'étreinte de la main de Paul sur sa gorge. En quelques instants, son visage devint livide, ses mouvements plus lents. Les autres prisonniers, immobiles, regardaient la scène qui se déroulait dans le plus grand silence, à l'exception des grognements étouffés des deux lutteurs.

Seule Myriam avança vers eux.

— Ça suffit ! s'écria-t-elle. Arrêtez !

Comme les deux adversaires ne se séparaient pas, elle envoya un coup de pied dans l'enchevêtrement de bras et de jambes.

— Ça suffit !

Paul prit conscience de la présence de Myriam au-dessus d'eux et lâcha sa prise. Alexey s'esquiva et parvint à récupérer son couteau, qu'il cacha sous sa veste. Le jeune homme blond se releva. Dans la lutte, la manche de son blouson s'était retroussée jusqu'au coude.

Moshe fixa son avant-bras dénudé, abasourdi.

— Tu...

Il s'approcha de lui et, avant que le jeune homme eût pu réagir, il le saisit par le poignet et montra l'intérieur du bras aux autres prisonniers.

— Regardez !

Sur sa peau était tatouée l'inscription « A+ ».

Berkovitz et les autres prisonniers blêmirent. Sans s'en rendre compte, Jiri recula d'un pas.

Paul fit glisser la manche de son blouson sur son poignet et le recouvrit.

— Eh oui, je suis militaire. Paul Hauser, *Hauptmann** dans la SS.

Il fit claquer ses talons.

Moshe devint livide à son tour.

— Que fais-tu ici ?

Le jeune homme sourit. La révélation de sa véritable identité ne semblait pas le préoccuper.

— J'étais sur le front de l'Est. J'ai combattu en Ukraine.

— Les filles ! ulula Jiri. Nous avons parmi nous un véritable héros de guerre !

Paul ne releva pas.

— Mais alors, comment t'es-tu retrouvé ici ? demanda Moshe.

— Insubordination.

Berkovitz soupesa les paroles de l'officier.

— Que s'est-il passé ?

— Nous étions en Ukraine, où, selon les plans du *Reichsführer*, nous avons commencé à bonifier l'espace vital de la Grande Allemagne. Les populations d'origine germanique étaient bien acceptées, mais les Juifs... Vous êtes au courant. Au début, nous avons exécuté les ordres, nous n'étions pas préparés. Les fusillades continues, les rafles, les fosses, tout se faisait à la va-comme-je-te-pousse. Trop de sang, trop de cris, trop d'évasions... trop de pagaille. L'enfer de Dante devait être un havre de paix, comparé à cette situation. Un jour, on a donné l'ordre à mon peloton d'exécuter un millier de Juifs dans un petit village. Nous devions les faire descendre dans des fosses qu'ils avaient eux-mêmes creusées, et les fantassins leur tiraient dessus d'en haut. Le massacre s'est poursuivi pendant des heures, dans une confusion inimaginable. Les coups tirés au hasard, les blessés qui hurlaient et se tordaient de douleur, les enfants qui pleuraient, accrochés à leurs mères agonisantes... Pour résister, mes hommes se saoulaient en permanence.

La voix du jeune homme se faussa tout à coup.

— Je me suis effondré. J'ai abandonné mes hommes et je suis parti. Le *Standartenführer** m'a ordonné de reprendre mon poste, mais j'ai refusé. « Les Juifs sont une race inférieure, lui ai-je dit, comme le démontrent l'histoire et la science. C'est pourquoi ils s'éteindront d'eux-mêmes. Ils sont faibles, sans défense… Laissons le temps au temps. Il n'est pas nécessaire de les massacrer de cette façon. Ce n'est pas digne de nous. L'armée germanique combat pour que le bien se répande sur terre, sous l'égérie du peuple allemand. Qu'est-ce que le monde va penser de nous ? »

— Le *Standartenführer* a dû apprécier.

— Il m'a écouté jusqu'au bout, puis m'a rappelé les ordres du *Reichsführer*. Lui aussi était affligé par les méthodes brutales que nous étions contraints d'adopter, mais affirmait que nous n'avions pas le choix. Les Russes voulaient empêcher la naissance de la Grande Allemagne et les Juifs contrôlaient l'Union soviétique. Sans compter les sabotages dont ils étaient les auteurs. Il n'existait aucune alternative possible. Les ordres étaient clairs : il fallait les éliminer. Alors j'ai demandé la permission de m'éloigner. J'ai pris un véhicule de service et j'ai tenté de regagner Berlin. J'avais l'intention de parler à Himmler, de le convaincre de laisser tomber. Ils m'ont arrêté deux cents kilomètres plus loin. Désertion. Ils voulaient me fusiller sur place, mais, grâce à mes relations, je m'en suis sorti. Mon père est *Brigadeführer**, mais il n'a pas pu m'aider davantage…

Berkovitz se frottait le menton, perplexe.

— Ce que tu viens de nous raconter explique pourquoi on t'a envoyé dans ce camp, mais pas pour quelle raison tu fais à présent partie de notre groupe de condamnés à mort, ici, dans la buanderie.

Paul rajusta son blouson et pouffa.

— Je ne me suis pas tenu tranquille, ici non plus. Je n'ai pas pu. Je n'aime pas la façon dont le commandant gère le camp. Il vole et fait voler, pour lui et les siens. Vous le savez mieux que moi. Ce n'est pas digne d'un officier allemand. C'est méprisable. Il dérobe des biens qui reviennent au peuple allemand. Grâce à quelques amis, j'ai réussi à prévenir Berlin. Breitner l'a su et ne me l'a pas pardonné. Il ne pouvait pas me fusiller, à cause de mon père, alors il a pensé que cette nuit passée dans la buanderie était une bonne occasion…

— Alors je dirais que notre problème est résolu, l'interrompit Otto. Nous avons parmi nous un officier SS. Nous n'avons pas besoin de poursuivre le débat. Nous pouvons appeler l'*Oberscharführer.*

— Tu es pressé de partir ? lui demanda Paul, sardonique. Tu aurais fait fusiller une femme pour pouvoir déguerpir plus vite. Quels lâches, ces communistes…

— Doucement…, intervint Moshe. C'est Alexey qui a eu l'idée de choisir Myriam, mais je t'assure que personne n'avait l'intention de l'approuver. Nous ne sommes pas des bêtes, quoi que vous en pensiez. Vous avez cru pouvoir nous réduire à l'état d'animaux, mais vous n'y êtes pas encore arrivés.

— Alors, tout le monde est d'accord pour choisir Paul ?

Sans attendre la réponse à sa question, Otto se dirigea vers la porte.

— Allez-y, dit Paul en souriant, appelez le commandant et dites-lui que vous avez décidé de me faire fusiller…

— D'accord, acquiesça Otto, sur le point d'ouvrir.

— Un instant, dit Berkovitz.

— Qu'y a-t-il ? demanda Otto, rendu nerveux par ce contretemps.

— Réfléchissons, dit l'ancien financier. Soupesons chacun des éléments dont nous disposons. Regardez-le, ajouta-t-il en désignant Paul.

— Que veux-tu dire ?

— Observez-le bien. Il porte un blouson en peau, chaud et confortable. Avez-vous déjà vu chose pareille, dans l'enceinte du camp ? Moshe, toi qui t'y connais, as-tu déjà eu un blouson de ce genre entre les mains ?

Moshe secoua la tête.

— D'abord, même moi, je ne pourrais pas me procurer un tel article. Et même si j'y arrivais, je ne pourrais pas me promener dans le camp avec ça sur le dos. Les SS me massacreraient.

— Exact. Ensuite ? Je dirais que Paul mange plus qu'à sa faim. Regardez comme il est robuste et comme il a bonne mine. Il porte même des bottes.

Même sous la lumière blafarde de la buanderie, il n'était pas difficile de comprendre que l'ex-officier jouissait d'un traitement de faveur.

— C'est bien, les félicita Paul. Vous commencez à comprendre…

— Comprendre quoi, Berkovitz ? Nous ne faisons que perdre notre temps.

Moshe s'approcha de la porte et s'y appuya pour empêcher le prisonnier politique de l'ouvrir.

— Berkovitz a raison, Otto. D'après toi, comment se fait-il que Paul porte un blouson et mange de la margarine tous les jours ?

— Je ne sais pas. Je…

Il s'arrêta, gêné. Paul arborait un sourire de défi.

— Allez, appelez le commandant. J'attends.

— Je ne pense pas que ce soit une bonne idée. Il est évident que Paul a de nombreuses relations qui le protègent…

— Bravo, le Juif, tu y arrives. C'est vrai, votre race est faible, mais elle est futée. Pensez-vous vraiment que Breitner ferait fusiller un Aryen, officier SS, fils d'un *Brigadeführer* très proche de von Paulus, et qu'il vous laisserait en vie, vous, des Juifs ? Comment justifierait-il cela auprès de Berlin ? Il a déjà été inquiété à cause de ses vols, il ne peut pas se permettre un faux pas supplémentaire.

— Cela dit, il t'a envoyé ici, dans ce baraquement, avec nous.

Paul pouffa, comme si cela n'avait aucune importance.

— Il veut me faire peur. Il a certainement l'intention de transiger avec moi. Il n'osera pas aller jusqu'au bout, ce serait trop périlleux pour lui.

Otto, songeur, s'éloigna de la porte et revint au centre de la pièce. Paul continuait à poser des questions.

— Si vous appelez l'*Oberscharführer*, que croyez-vous qu'il va se passer ? Que le commandant me fera fusiller et vous sauvera tous les neuf, ou bien…

Le silence retomba dans la buanderie. Chacun évaluait les risques et les alternatives. Dans le camp, les apparences étaient trompeuses. Les SS aimaient leurrer les prisonniers. Parfois, sur les listes des prisonniers destinés aux fours, il arrivait que soient notés les matricules de ceux qui devaient rester en vie. Les *Häftlinge* ne savaient jamais ce que les SS avaient l'intention de faire. Le manque permanent de certitudes accentuait leur vulnérabilité.

— De toute façon, il faut nous décider, déclara tout à coup Otto. Le temps passe.

— Laissons-le passer, rétorqua Moshe. On se fiche pas mal de ton évasion. Ton Parti et toi, vous n'avez rien fait pour nous. Vous êtes obsédés par les Russes qui vont arriver et par ce qu'il adviendra après la guerre. Mais, pendant ce temps, ici, les cheminées continuent à fumer.

— Il ne doit pas être loin de 21 heures, dit Berkovitz. Nous avons du temps devant nous. Attendons.

Un bruit se fit entendre dans l'obscurité. Myriam se précipita pour vérifier l'état de Jan. Le vieil homme respirait avec difficulté. Elle essaya d'installer plus confortablement ses jambes et ses bras. Elle passa sa main sur son front, puis alla mouiller un coin de son uniforme avec quelques gouttes qui s'écoulèrent du robinet de l'évier. Elle retourna auprès de Jan et appliqua le tissu humide sur son front.

Jan lui sourit.

— Merci…

Les prisonniers avaient suivi la scène en silence. Puis Jacek prit la parole.

— Nous sommes revenus au point de départ.

Les autres détenus détournèrent le regard, gênés.

— Je ne crois pas que nous ayons beaucoup de solutions, insista-t-il.

Otto soupira.

— Jacek a raison. C'est terrible, mais c'est ainsi.

— Les esprits supérieurs de la politique déclarent donc que nous devrions condamner un vieil homme sans défense ? demanda Moshe.

— Ce n'est pas juste, mais c'est la seule chose que nous puissions faire, dit Berkovitz. Jan est malade. Il ne vivra pas longtemps de toute façon. Même s'il guérissait, son destin est scellé. Il est trop vieux. C'est la seule décision rationnelle que nous puissions prendre.

— Tu veux dire, intervint Jiri, que nous devons condamner un vieil homme innocent et sauver un officier SS qui a assassiné des milliers de femmes et d'enfants ? Excusez-moi, vous pouvez répéter ? J'ai peur de ne pas avoir bien compris.

Jan se remit à tousser. Une toux convulsive, frénétique, bestiale, qui emplit toute la pièce.

— Qu'est-ce que je vous disais ! Il ne lui reste pas longtemps à vivre, dit Alexey.

— Alexey a raison. Il vaut mieux choisir Jan.

Berkovitz soupira.

— Oui, il n'y a rien d'autre à faire.

— Otto ? demanda Jacek.

Le *triangle rouge* détourna le regard, avant d'opiner.

— Elias ?

— Je ne vous donnerai aucun nom. Ni celui de Jan, ni même celui de Paul.

— Jiri ?

— Non, je refuse ! Je refuse ! s'écria ce dernier d'une voix stridente.

— Jiri ? répéta Jacek.

— D'accord, c'est bon, je vote pour Jan. Voilà, je l'ai dit.

— Moshe ?

— Jan.

— Paul ?

L'Allemand haussa les épaules.

Jacek se tourna vers la partie de la buanderie plongée dans l'obscurité.

— Allez chercher Myriam. Il faut qu'elle vote, elle aussi.

Tandis qu'il finissait sa phrase, Myriam écarta les uniformes suspendus et apparut, le visage défait.

— Jan est mort, annonça-t-elle.

— Allô ? Pardon ? Ah, je comprends, *Herr Oberscharführer.* Vous avez bien fait de me prévenir. *Heil Hitler !*

Breitner raccrocha, le regard dans le vide.

— Papa ?

— Oui, Felix ?

— La partie… C'est à toi de jouer.

— La partie ? Ah, oui…

Le commandant revint vers la table et, sans se rasseoir, étudia la disposition des pièces sur l'échiquier.

— Voilà.

D'un mouvement rapide de la main, il remplaça une pièce par une autre. Le fou prit la place d'un pion noir, qu'il rangea dans le tiroir.

— Tu as pris mon pion ! s'écria Felix.

— Eh oui, je n'ai pas pu m'en empêcher !

— Mais, papa, le pion ne pouvait pas s'échapper ?

— Les pions sont faibles, Felix. Ils se déplacent d'une seule case à la fois et, lorsque la route est barrée, ils ne se déplacent plus du tout. Ce sont des proies faciles.

Le petit garçon frissonna.

— Je n'aimerais pas être un pion.

Breitner soupira.

— Non, il vaut mieux ne pas être un pion. Cela peut arriver, dans la vie. Mais n'oublie jamais ceci : un simple pion peut se transformer en reine.

— Comment ?

— Il suffit qu'il parvienne de l'autre côté de l'échiquier. S'il touche l'extrémité du camp adverse, il peut se transformer en ce qu'il veut.

Felix contempla la rangée de pièces blanches qui s'interposaient entre la case du pion qu'il venait de perdre et l'autre côté de l'échiquier.

— Je n'y serais jamais arrivé…

— Avec ce pion, non. Tu l'as perdu. Mais les pions sont nombreux. Il y en a toujours un qui peut échapper à notre attention, se dissimuler et s'infiltrer dans le camp adverse sans que personne s'en aperçoive. Les tours, les fous, les cavaliers, la reine… c'est souvent sur eux que nous yeux sont rivés. Les pions sont de simples soldats, pas très importants, et pourtant ils peuvent nous faire gagner une partie.

Felix observa l'échiquier, plus sceptique que convaincu.

— Ils sont tristes, papa. Ils se ressemblent tous.

Le commandant sourit.

— Les pions *doivent* être tous identiques. Ce sont des soldats, et les soldats sont tous identiques. C'est pourquoi ils portent un uniforme.

— Alors, donnons-lui un nom !

— Mais les échecs…

Breitner s'interrompit au milieu de sa phrase.

— Bon, d'accord. À une condition : c'est moi qui choisis les noms.

— Comment vas-tu les appeler ?

— Celui que je viens de te prendre…

Il prit le pion et le retourna. Puis, saisissant un stylo sur son bureau, il écrivit un mot sur la feutrine claire recouvrant la base du pion : Jan.

— Pourquoi Jan, papa ?

— Comme ça. Ça lui va bien, non ?

Felix acquiesça.

— Ce cavalier, on va l'appeler Moshe.

— C'est joli ! Un peu bizarre, mais j'aime bien. C'est comme Moïse, qui a traversé la mer Rouge ? J'aime bien cette histoire de la Bible.

Le commandant écrivit « Moshe » sur la base du cavalier. Il baptisa les pièces l'une après l'autre, tandis que Felix s'impliquait en approuvant ou critiquant les choix de son père. Un pion, Elias. Un autre pion, Alexey. Un fou, Jiri. Une tour, Otto. Une autre tour, Paul. Un cavalier, Berkovitz. Un fou, Jacek.

Breitner prit la reine.

— On l'appelle Frieda, papa ? Comme maman ?

— Oh, non, Felix. La reine peut être mangée. Tu ne veux pas que maman soit mangée, n'est-ce pas ?

— Oh, non ! Maman ne serait pas bonne à manger. Je préfère le poulet !

— Alors, on va l'appeler Myriam.

— C'était qui, Myriam ?

— Dans la Bible, c'était la mère de Moïse.

— C'est une maman, alors !

— Oui. Bon, veux-tu continuer à jouer, ou es-tu fatigué ?

L'enfant haussa les épaules.

— Si je descends, maman va me demander de mettre le couvert…

Breitner éclata de rire.

— Dans l'armée, on appelle cela « s'embusquer » ! Allez, descendons ensemble. Je t'aiderai à mettre le couvert. Le dîner doit être prêt.

21 heures

Les huit détenus s'étaient regroupés autour du corps de Jan. Tous étaient debout, immobiles, à part Moshe qui s'était accroupi et prenait le pouls du vieil homme. Il leva la tête.

— Il n'y a plus rien à faire.

— Allez, aidez-moi, demanda Elias.

Le rabbin, avec l'aide de Berkovitz, transporta le corps vers le mur le plus éloigné de la porte, au fond du baraquement. Il installa le corps de sorte que ses pieds soient en face de la porte. Il prit l'un des morceaux de papier de Moshe et le posa sur le visage de Jan. Puis il saisit une couverture déchirée et en recouvrit le corps.

— Pauvre Jan, murmura-t-il, quel misérable tallith tu portes…

Elias déchira un bout de son uniforme. Après quelques instants d'hésitation, Moshe, Berkovitz, Jiri et Myriam firent de même. Les autres prisonniers se rassemblèrent plus loin, près de l'entrée du baraquement.

— Est-ce que quelqu'un a quelque chose à dire ? demanda le rabbin.

Ils se regardèrent mutuellement.

— Je le connaissais peu, dit Moshe. Je crois qu'il était tailleur, ou quelque chose de ce genre. La seule chose que je puis dire, c'est que je ne l'ai jamais vu manquer de respect à qui que ce soit. Il n'a jamais joué des coudes pour aller aux sanitaires et lorsqu'il fallait faire la queue pour la soupe, il était toujours parmi les premiers, alors que les bons morceaux restent au fond de la marmite. Il aidait les gens dès qu'il le pouvait.

— C'est le meilleur moyen de mourir, ici, au camp, murmura Jacek à Paul.

Elias prononça le *Kaddish.* Le groupe de Juifs s'approchèrent de l'évier et tentèrent de se laver les mains avec les rares gouttes d'eau qui s'écoulaient du robinet. Puis ils revinrent autour de la table.

Seul Jiri s'accroupit, le regard voilé par l'émotion. Bien qu'étant au camp depuis sept mois, il ne s'était jamais habitué au souffle de la mort. À la fin de la prière, il se leva d'un coup. Puis il ferma les yeux, pencha la tête et se mit à chanter. Une chanson rythmée, qui rappelait de vieilles mélodies gitanes.

— Qu'est-ce que c'est ? demanda Berkovitz à Moshe.

— Une *endecha*, répondit ce dernier sur le même ton. Ce sont des chants funèbres séfarades. Jiri est vraiment surprenant.

Le *triangle rose* chanta avec une intensité telle que personne ne put endiguer le flot d'émotion qui les submergea tous. Lorsqu'il eut fini, les notes vibrèrent dans l'air pendant quelques instants, avant que le silence retombe dans la buanderie.

Jiri rouvrit les yeux, comme s'il sortait d'une transe et demanda :

— Que fait-on maintenant ?

— Nous avons le temps. Il nous reste encore onze heures.

— Mais nous sommes épuisés, dit Berkovitz. Et affamés. Nous ne serons bientôt plus en mesure de réfléchir. Je me sens déjà faible. J'ai juste envie de dormir.

— Il a raison, dit Moshe. Nous ne serons bientôt même plus capables de parler. J'ai la bouche sèche et je me sens de plus en plus fatigué. Il faut nous décider maintenant.

— Oui, décidons maintenant, dit Jacek, qui se tourna vers Myriam et la regarda fixement.

Paul le foudroya du regard.

— Écoutez, proposa Berkovitz, nous avons des bouts de papier et des crayons. Il est inutile de continuer à discuter. Je propose que nous votions, chacun pour soi. Et que, à la fin, nous comptions les votes.

— Le seul vote libre du Troisième Reich…, commenta Moshe.

Il attrapa les morceaux de papier les plus grands et les crayons, et les distribua à ses compagnons. Chacun chercha un coin tranquille où s'isoler. Certains s'éloignèrent de la lumière, tout en se tenant à distance du corps de Jan.

Le vote ne prit pas beaucoup de temps. Un à un, ils revinrent déposer les morceaux de papier pliés sur la table.

— Berkovitz, veux-tu procéder au dépouillement, si tout le monde est d'accord ?

Les détenus acquiescèrent.

L'homme d'affaires chaussa ses lunettes. Attrapant le premier bulletin, il le déplia et lut.

— Alexey.

L'Ukrainien pâlit.

Berkovitz posa le bout de papier sur la table et en saisit un autre.

— Alexey.

L'assistant du chef de baraquement se jeta sur lui comme une furie et lui arracha le papier des mains, pour procéder à une vérification qu'il savait pourtant inutile. En voyant son prénom inscrit, il lança un juron que personne ne comprit, fit une boulette du papier et la jeta par terre.

Berkovitz avait conservé son sang-froid. Sans prêter attention à Alexey, il prit le troisième bulletin.

— Alexey.

— Sales porcs ! hurla l'Ukrainien. Sales porcs juifs !

Personne ne répondit. Il se retira dans un coin, excédé, haletant, furibond.

— Il n'y a rien d'écrit. Bulletin blanc, poursuivit Berkovitz.

— Tu as demandé conseil à Dieu, mais il n'était pas disponible, Elias ? demanda Moshe.

— Je vous l'ai dit. Je ne désignerai jamais une personne pour qu'elle aille mourir.

— Continuons...

Berkovitz ouvrit un morceau de papier racorni et blêmit en le lisant.

— Myriam.

Alexey fut parcouru par un frisson de joie. Paul se mordit les lèvres. Moshe tressaillit.

— Tu veux te jeter dans la fosse toute seule, Myriam ?

— J'ai perdu toute raison de vivre, tu le sais mieux que quiconque, Moshe.

Berkovitz poursuivit le scrutin, imperturbable, comme s'il assistait à un conseil d'administration.

— Alexey... Alexey... Jacek...

Les regards convergèrent vers le chef de baraquement, qui demeura impassible.

— Alexey.

Berkovitz ramassa la boulette de papier lancée par Alexey et la posa sur la table. Puis il essaya de mettre les bulletins en ordre, tant bien que mal, en les lissant entre ses mains.

— Est-ce que quelqu'un veut vérifier ?

Personne ne répondit. Dans son coin, Alexey frémissait de rage contenue.

— Alors, voyons... Alexey : six votes. Myriam et Jacek : un vote. Un bulletin blanc. Neuf en tout.

Dans le baraquement silencieux, ils regardaient Alexey, qui écumait.

— Sales porcs ! Vous avez un SS sous le nez et c'est moi que vous choisissez ! Vous êtes des lâches, tous autant que vous êtes ! *Schweine Juden !*

Personne n'osait intervenir.

Puis Moshe prit la parole.

— Alexey, les mathématiques n'ont jamais été ton fort, n'est-ce pas ?

— Qu'est-ce que tu veux dire ?

— Tu ne sais pas compter. Il y a eu six votes contre toi. Or, il n'y a que cinq Juifs, ici. De plus, l'un a voté blanc et l'autre, pour elle-même. Qu'en déduis-tu, Alexey ?

Le *triangle vert* avait du mal à suivre le raisonnement de Moshe.

— Qu'est-ce que tu racontes ? Allez, explique-toi !

— Trois Juifs, trois votes contre toi. Mais les autres, Alexey, tu ne te demandes pas de qui ils proviennent ?

L'assistant du kapo regarda soudain autour de lui, comme s'il venait de prendre conscience d'un nouveau danger, jusque-là ignoré.

— Il manque trois votes, Alexey. Réfléchis.

Le regard incendiaire de l'Ukrainien se posa sur Otto.

— Bravo, ironisa Moshe. Ce n'était pas très compliqué. Allez, encore deux.

Alexey parcourut l'assistance du regard, suspicieux. Lorsqu'il croisa le regard de Paul, il comprit.

— Très bien, tu as trouvé le cinquième. L'officier SS t'a donné un beau coup de pied dans le derrière, n'est-ce pas ?

— Tu es la lie de l'humanité ! déclara Paul, avec mépris, à l'adresse d'Alexey. Tu es même pire que les Juifs.

— Encore un petit effort, Alexey, l'encouragea Moshe.

L'assistant du chef de baraquement continuait à les dévisager un par un. Soudain, ses yeux s'immobilisèrent. Son regard exprima à la fois la compréhension et le désarroi.

— Mais bien sûr ! Jacek ! À qui d'autre pensais-tu, Alexey ?

Alexey bredouilla quelques mots, incapable de trouver une explication plausible. Jacek, impassible, maintenait entre eux une distance de sécurité.

— Qu'est-ce que tu croyais ? Que vous alliez vous épauler l'un l'autre éternellement ? continua Moshe. En vérité, c'était toi ou lui.

Alexey serra les dents, blessé par l'affront qu'il venait d'essuyer. Les hommes se contractèrent, prêts à réagir à une agression éventuelle. Seule Myriam avait l'air détachée. Elle fixait un point dans le vague sans montrer le moindre signe d'intérêt pour les luttes qui agitaient les autres détenus.

À la grande surprise de tous, Moshe s'approcha d'Alexey. Il s'arrêta à deux pas de lui et sourit.

— De toute façon, tu ne peux pas te plaindre.

— De quoi parles-tu ? Sois plus clair !

— Allons, Alexey ! D'après toi, qui a voté contre Jacek ?

Un tressaillement de sa lèvre trahit l'émotion du chef de baraquement.

— Toi ou lui. Lui ou toi. Vous le saviez tous les deux. Vous vous êtes rendu service mutuellement. Tu es moins idiot que tu en as l'air, Alexey.

L'Ukrainien se déroba au regard de son chef. Les loups se séparaient.

— Quelle agréable compagnie nous avons là ! gazouilla Jiri en se relevant dans une pirouette élégante. Votre amitié m'émeut. Elle me rappelle une vieille blague juive. Je vous la raconte ?

— Ce n'est pas celle du tailleur ? demanda Moshe.

— Ce sont deux amis : un homme d'affaires et un tailleur. L'homme d'affaires se rend chez le tailleur pour se faire faire un costume. Durant les essayages, il remarque que son ami porte un costume éculé et reprisé. « Ce n'est pas un costume digne d'un tailleur ! s'exclame-t-il. – Tu as raison, répond son ami, mais tu es riche et tu peux t'offrir un nouvel habit, pas moi. – Je comprends. Je vais te donner deux zlotys pour que tu rafistoles ton costume. » Le tailleur prend l'argent en le remerciant chaleureusement. Deux semaines plus tard, l'homme d'affaires rencontre le tailleur et note qu'il porte toujours son vieux costume. Il s'en étonne et lui en demande la raison. Le tailleur secoue la tête. « Tu avais raison, dit-il, ce costume était vraiment affreux. Si je l'avais réparé pour deux pauvres zlotys, j'en aurais perdu, de l'argent ! »

Jiri attendit la réaction de son public.

— Elle ne vous a pas plu ? Elle me semblait parfaitement adaptée à la situation. À ceci près que je ne saurais dire qui de vous deux est l'homme d'affaires, et qui est le tailleur. Qu'en pensez-vous, vous autres ? demanda-t-il en s'adressant à son auditoire.

— Allez, finissons-en, déclara Otto sans lui prêter attention. Nous avons voté. Maintenant, il faut agir.

Il adressa un regard entendu à Paul et se dirigea vers l'Ukrainien. Après un instant d'hésitation, Jacek les rejoignit.

Alexey s'adossa au mur.

— Ne bougez plus ! cria-t-il en dégainant son couteau. Le premier qui s'approche, je lui ouvre le ventre. Je n'irai pas me faire fusiller sans avoir auparavant tué l'un d'entre vous.

Ses trois adversaires s'immobilisèrent, prêts à se jeter sur lui au moindre signe.

— Attendez, dit Moshe. Nous n'avons pas besoin de nous salir les mains. Laissons cette tâche aux Schleus. Appelons l'*Oberscharführer*...

Moshe n'eut pas le temps de terminer sa phrase. Poussé par son instinct, Alexey se rua sur Paul. Mais le militaire robuste et bien nourri esquiva promptement le coup. Il tourna sur lui-même et lança son poing sur le poignet de l'Ukrainien. Le couteau tomba par terre. D'un coup de pied, Jacek le fit glisser plus loin.

Alexey se mit en position défensive, les poings levés. Il haletait comme un animal traqué. Les trois hommes l'encerclaient sans lui laisser d'échappatoire. Les trois secondes pendant lesquelles ils restèrent dans cette position suffirent à Alexey pour évaluer les chances qui lui restaient. Il bondit soudain sur Jacek, l'abattit d'un coup de poing au visage et poursuivit sa course.

— Arrêtez-le ! hurla Paul.

Mais ni Moshe ni Berkovitz ni Jiri ne bougèrent.

Alexey, poursuivi par Otto et Paul, courut désespérément vers la porte. Il comprit qu'il n'aurait pas le temps de l'ouvrir et se jeta à corps perdu contre la fenêtre.

Emportant dans son geste la couverture qui protégeait la pièce des regards, il s'envola dans un bruit de verre brisé. De l'intérieur du baraquement, les autres eurent à peine le temps d'entendre l'appel furieux de la sentinelle postée sur la tour de garde. Un faisceau de lumière aveuglant se déplaça vers le baraquement, puis on entendit les hurlements d'Alexey.

— Attendez ! Attendez ! C'est moi, Alexey, le *Stubendienst** du baraquement…

Une décharge de mitraillette. Puis une autre. Et encore une autre.

Et, enfin, le silence.

Près du mur, Paul tendit le cou pour regarder par le trou de la fenêtre.

— Il est mort, annonça-t-il.

Ils entendirent encore les voix agitées des gardes, puis la porte s'ouvrit en grand, et l'*Oberscharführer* apparut, furieux.

— Que s'est-il passé ?

Personne ne répondit. Les détenus baissèrent les yeux.

— Je vais devoir en référer au commandant. J'exige une explication !

— *Herr Oberscharführer*, dit Moshe, Alexey a tenté de se soustraire aux dispositions du commandant. Nous avons essayé de l'en dissuader, mais en vain.

Le SS le dévisagea avec curiosité.

— Dans quel sens, Moshe ?

— Le commandant nous a ordonné de désigner l'un d'entre nous, ce que nous avons fait. Nous avons choisi Alexey, mais il a voulu s'enfuir. Nous n'avons fait qu'obéir aux ordres de *Herr Kommandant.*

Le sous-officier évalua avec perplexité le récit de Moshe.

— Personne n'a enfreint le règlement, *Herr Oberscharführer.* À part Alexey, bien sûr. Nous avons obéi aux ordres.

Le SS attendait, indécis.

— Je vais en référer au commandant, dit-il enfin. Cessez vos bêtises, ou vous aurez à le regretter.

Breitner, sa femme et le petit Felix étaient à table. Le précieux service de porcelaine de Bohême était posé sur une nappe blanche brodée, en lin des Flandres. Au milieu de la table trônait une bouteille de bordeaux à peine débouchée. Derrière eux, en uniforme et coiffe blanche, se tenait la domestique, une jeune fille, témoin de Jéhovah, que Breitner avait choisie pour cuisiner et s'occuper de son fils. Les femmes témoins de Jéhovah avaient la réputation de faire d'excellentes gouvernantes. La jeune fille s'approcha pour servir le potage.

Sa main tremblait. La présence du commandant l'impressionnait. En servant, elle fit tomber une goutte de soupe sur le pantalon de Breitner. Frieda se leva d'un bond et la gifla avec sa serviette.

— Idiote !

Le commandant jeta un regard froid à la domestique.

— Sors d'ici. Nous nous servirons nous-mêmes.

Mais Frieda n'eut pas le temps de servir l'entrée que la sonnette retentit. Elle s'apprêtait à se lever mais il l'arrêta d'un geste de la main.

— Laisse. Je m'en occupe. Commencez sans moi.

Le commandant sortit de la salle à manger. Dans l'entrée, l'ordonnance le salua.

— L'*Oberscharführer* Schmidt est là. Il demande à vous parler. Dois-je le faire entrer ?

— Non, c'est moi qui vais sortir. J'en profiterai pour fumer une cigarette.

Le sous-officier l'attendait dehors, au garde-à-vous. L'allée de gravier était faiblement éclairée par la lumière provenant de l'intérieur de la maison.

— Rompez, Schmidt, dit le commandant.

Il sortit un paquet de cigarettes françaises de la poche de son uniforme et en porta une à ses lèvres. Puis il tendit le paquet à l'adjudant.

— Voulez-vous une cigarette, *Herr* Schmidt ?

Le sous-officier, embarrassé, tendit la main.

— Merci, *Herr Kommandant*.

Breitner alluma sa cigarette avec un briquet en or. Puis il approcha la flamme du visage de l'adjudant.

— Alors, *Herr* Schmidt, comment se portent les prisonniers du bloc 11 ?

— L'un d'entre eux a tenté de s'échapper du baraquement, *Herr Kommandant*.

Breitner ne put retenir un sourire.

— Ah ? Lequel ?

Puis il corrigea.

— Non, laissez-moi plutôt deviner…

Il se mit à marcher devant son subordonné, qui demeura immobile. Trois pas dans un sens, puis il tournait sur lui-même et marchait dans l'autre sens. Le gravier crissait sous les semelles de ses bottes. À chaque demi-tour, Breitner s'arrêtait et expirait un nuage dense de fumée. Le bout de sa cigarette luisait dans la semi-obscurité.

— Qui a donc pu vouloir s'échapper ? Certainement pas la femme, ni le communiste. Aucun des Juifs, c'est certain, ils ne sont pas assez courageux…

Il interrompit son raisonnement à voix haute. Il se retourna brusquement et pointa la cigarette contre le maréchal.

— Alexey, l'Ukrainien. C'est lui, n'est-ce pas ?

L'*Oberscharführer* était visiblement surpris.

— Oui, *Herr Kommandant*, c'est Alexey.

Breitner sourit d'un air satisfait et agita sa cigarette devant le sous-officier.

— Racontez-moi !

— Il s'est jeté par la fenêtre du baraquement en criant. Mais les ordres sont stricts et les sentinelles des tours…

— Ont tiré, n'est-ce pas ? l'interrompit Breitner.

— Absolument, *Herr Sturmbannführer*. Les autres affirment qu'il a essayé de se soustraire à leur décision de l'avoir choisi.

— Bien, bien, murmura le commandant tout en tirant de longues bouffées.

L'*Oberscharführer* attendait, gêné. Le commandant se retourna brusquement vers lui.

— Mon cher Schmidt. Nous disposons d'un autre pion. C'était prévisible. Aux échecs, ce sont les premières pièces que l'on sacrifie. Mais cela rend le jeu encore plus intéressant, vous ne trouvez pas ?

— Euh… si, bien sûr, *Herr Kommandant*.

Breitner se remit à fumer en silence.

— Excusez-moi, *Herr Sturmbannführer*, quels sont vos ordres ?

— Mes ordres ? Ah, oui.

Il jeta son mégot par terre et l'écrasa du bout de sa botte.

— Mes ordres sont que tout continue comme avant.

— Mais… devons-nous renforcer la surveillance ? Il ne faudrait pas que les prisonniers fassent une nouvelle tentative…

— Non, l'interrompit le commandant. Ils ne recommenceront pas, soyez-en sûr. Seul un pion stupide et insignifiant pouvait tenter une bêtise pareille. Tenez-moi au courant de la moindre nouveauté. N'en perdez pas une miette et rapportez-moi tout ce qui est susceptible de m'intéresser.

— Puis-je partir, *Herr Sturmbannführer* ?

— Oui. Non… Encore un instant. D'après vous, *Herr* Schmidt, qui vont-ils choisir ?

— Je… je ne saurais dire, *Herr Kommandant*…

— Allons, *Herr* Schmidt, je ne vous demande pas de rédiger un rapport. Dites-moi simplement, en toute amitié, qui, selon vous, ils vont choisir d'envoyer devant le peloton d'exécution.

— Selon moi, *Herr Sturmbannführer*, maintenant que l'assistant du kapo est mort, cela ne fait aucun doute. Ils choisiront le chef de baraquement, Jacek.

— Vous croyez, *Herr* Schmidt ?

Le sous-officier bomba involontairement le torse, flatté que le commandant tienne son avis en si haute considération.

— Je pense que oui.

— Et Paul Hauser, vous l'avez oublié ?

— S'il est intelligent, il se taira. Rien ne l'oblige à révéler sa véritable identité.

— Vous croyez ?

Breitner arborait un sourire en coin qui inquiéta le sous-officier. Aussi préféra-t-il ne plus se prononcer.

— Vous savez, *Herr* Schmidt, sur un échiquier, les choses sont souvent plus compliquées qu'elles n'en ont l'air de prime abord. Une pièce qui semble destinée à la destruction peut, en fin de compte, être celle qui mettra le roi en échec. Vous pouvez partir, *Herr Oberscharführer.*

L'adjudant se mit au garde-à-vous et fit le salut bras tendu. Puis il se retourna. Mais il eut à peine le temps de faire deux pas que le commandant le rappela.

— *Herr Oberscharführer !*

Schmidt revint vers lui au pas de course.

— J'ai changé d'avis. On ne change rien, à part une petite chose. Dites aux prisonniers que j'attends toujours un nom. Mais qu'ils ont désormais moins de temps à leur disposition. Au lieu de 8 heures, ce sera pour 6 heures.

L'adjudant se mit au garde-à-vous et s'en alla.

Breitner rentra et se dirigea vers la salle à manger. Il se rassit à sa place, posa sa serviette sur ses genoux et prit sa cuillère.

— Un problème, chéri ?

Breitner sourit.

— Oh, non..., dit-il en levant sa cuillère. Les petits tracas habituels.

22 heures

Le chef de patrouille revint au bout d'une demi-heure.

Le bruit de la porte fit sursauter les prisonniers. Seul Paul demeura indifférent. Jacek frottait sa joue à l'endroit où le coup d'Alexey avait laissé un gros hématome. Tous se mirent au garde-à-vous.

L'*Oberscharführer* les dévisagea avec un sourire goguenard qui les effraya.

— Le commandant a donné l'ordre que vous restiez ici. Il attend toujours le nom de celui que vous aurez élu.

Personne n'osa ciller.

— Le commandant veut savoir lequel d'entre vous sera fusillé…

Il marqua une pause en les regardant, un par un.

— D'ici 6 heures demain matin.

Les *Häftlinge* se raidirent. Personne n'osa parler, à l'exception de Moshe.

— Mais…

L'*Oberscharführer* s'approcha de lui d'un air menaçant.

— Tu n'as pas compris, Moshe ? J'ai dit : d'ici 6 heures.

— Nous avions choisi Alexey. Il est mort.

— Le commandant a ordonné que l'un d'entre vous soit fusillé devant le mur. Fusillé, vous comprenez ? Par un peloton, comme le prescrit le règlement. Alexey a été tué au cours d'une tentative d'évasion. Ce n'est pas la même chose.

Il pivota sur ses talons et quitta le baraquement. Moshe ferma la porte.

— Et maintenant, dit-il, on recommence…

— On y va, papa ?

— Non, Felix, il est tard. Tu dois aller te coucher.

— Papa ! On n'a pas fini la partie. On ne va pas laisser toutes les pièces debout sur l'échiquier jusqu'à demain ! Elles vont se fatiguer !

— Ce ne sont que des pièces d'échecs, Felix.

— Ce n'est pas vrai ! Elles ont un nom, maintenant.

Le petit garçon adressa un regard suppliant à sa mère. Elle lui caressa la tête et se tourna vers son époux.

— Il peut encore jouer quelques minutes. Remontez, je vais débarrasser. Quand j'aurai fini, je viendrai te mettre au lit, Felix.

Le petit garçon sauta sur ses pieds. Les échecs ne l'enthousiasmaient pas, mais tous les prétextes étaient bons pour reculer le moment où il devrait aller se coucher.

— D'accord. Viens, Felix.

Le père et le fils montèrent l'escalier jusqu'à la pièce mansardée. Felix sautait d'une marche à l'autre, avec l'excitation des enfants trop fatigués.

— Tu es sûr que tu vas pouvoir jouer, Felix ?

— Bien sûr, papa !

Ils s'installèrent de part et d'autre de l'échiquier.

— C'est à qui, papa ?

— À toi, Felix.

Le petit garçon saisit un pion et lui fit faire une avancée de trois cases.

— Tu ne peux pas faire cela, Felix. Le pion ne peut avancer que d'une case à la fois.

— Mais le mien est un pion spécial, papa. Je l'ai entraîné à faire des sauts, à la caserne. Il saute du matin au soir. C'est pour cela qu'il a réussi à sauter deux cases à la fois, puis trois. Tu sais, j'ai créé une unité spéciale, les pions sauteurs. Ils peuvent même tuer le cavalier.

Breitner sourit.

— C'est un pion, Felix. Une case à la fois et seulement en avant. Tu n'as pas besoin de ton pion sauteur, de toute façon.

Felix scruta l'échiquier. Le sommeil lui brouillait les idées. Il déplaça un pion au hasard. Breitner prit aussitôt son pion avec le fou. L'enfant eut l'air déçu.

— Il ne t'en reste plus que huit, constata Breitner.

— Maintenant, je vais te battre, papa.

— C'est ce que nous allons voir.

— Tu veux dire quelque chose ?

Moshe regarda Otto. Même l'homme politique semblait avoir perdu de son énergie.

La fatigue, la faim, la déshydratation les consumaient peu à peu.

— Berkovitz ?

— Nous pouvons procéder à un autre vote…

— Mais ce serait inutile, n'est-ce pas ?

Moshe regarda ses compagnons. Jiri détourna le regard. Myriam s'était assise dans un coin, pensive.

— Et si nous refusions de choisir ? demanda Elias.

— C'est-à-dire ?

— Demain matin, nous dirons au commandant que nous n'avons encore choisi personne. Remettons-nous-en à Dieu.

Berkovitz soupesa les paroles d'Elias.

— Qu'est-ce que nous y gagnerons ? Nous mourrons tous.

— Mais vous ne comprenez pas que nous sommes déjà condamnés ? Tous autant que nous sommes. Même toi, qui es fils de *Brigadeführer*, dit Elias en se tournant vers Paul. Les Russes se trouvent à quelques centaines de kilomètres d'ici. Dans peu de temps, votre puissant Reich va s'écrouler lamentablement. Crois-tu vraiment qu'ils se préoccupent de ton sort, à Berlin ? Tu as l'impression que ton père te protège, mais tu ne sais même pas s'il est encore vivant.

Le SS fut parcouru d'un frisson, mais ne répondit pas. La remarque avait frappé juste.

— Breitner pourra toujours dire que tu es mort au cours d'un incident, et même que tu t'es fait agresser par l'un de ces sales Juifs. Il aura essayé de te défendre, mais la fatalité… Il y a mille façons de mourir ici, dans le camp. Mais il n'y a qu'un chemin.

— Nous ignorons si Breitner a l'intention de nous faire exécuter tous les huit, insista Berkovitz. Nous ne disposons d'aucun élément qui le prouve.

— Nous mourrons de toute façon, que ce soit ici ou dans le *Kremchy*. Mais si nous refusons de donner un nom à Breitner, nous gagnerons la partie, lui la perdra. Il ne nous aura pas fait plier. Nous serons les plus forts, face à tous ses soldats et leurs mitraillettes. Il peut bien nous envoyer aux fours, mais il ne peut pas nous contraindre à lui donner un nom.

Moshe s'approcha d'Elias, son habituel sourire ironique aux lèvres.

— Nous avons la possibilité de sacrifier une personne pour en sauver sept, poursuivit le rabbin. Cela te semble peu, Moshe ? Souviens-toi qu'Abraham était lui aussi disposé à sacrifier Isaac. Par chance, nous ne devons pas sacrifier l'un de nos enfants, mais seulement l'un de nos bourreaux.

Moshe leva les yeux sur Jacek, qui soutint son regard.

Berkovitz opina, tout comme Otto.

— La mort d'Alexey n'a servi à rien, dit Moshe. Et maintenant…

— Maintenant, il n'y a plus que moi, poursuivit Jacek sans baisser les yeux.

— Je pense que les autres seront d'accord.

— Oui, dit Otto sans hésitation.

— Moi aussi, dit Berkovitz.

— Jiri ?

— Tu n'as pas besoin de poser la question. Regardez.

Jiri enroula la jambe de son pantalon jusqu'à l'aine. Sa cuisse était bleuâtre.

— Tu te souviens, Jacek ? Quand Alexey était occupé ou fatigué, c'est toi qui nous frappais pour faire plaisir aux Schleus.

— Elias, tu n'as pas envie de choisir, on le sait. Paul ?

L'Allemand haussa les épaules.

— Moi, ça me va.

— Il manque Myriam, observa Berkovitz.

Myriam leva la tête dans leur direction.

— Je ne sais pas qui est Jacek, je ne le connais pas. Je ne peux rien dire. Je sais juste que lui a envie de vivre. Moi pas.

— Myriam, murmura Moshe.

Mais elle ne le laissa pas poursuivre.

— Moshe, dit-elle. Tu cherches toujours à parlementer. C'est ton métier. Mais regarde…

Elle désigna les autres prisonniers, un par un, en commençant par Berkovitz.

— Lui, il veut vivre pour son argent, Otto pour sa révolution, Paul pour son Führer, Elias pour son Dieu, Jiri pour son art. Et toi, Moshe…

Elle s'approcha de lui et tendit le bras pour lui caresser la joue. Sa voix s'attendrit.

— Tu veux vivre parce que tu aimes la vie. Elle te paraît merveilleuse. Même ici, dans ce camp, tu n'as pas perdu ta joie de vivre. N'ai-je pas raison ?

Moshe baissa les yeux.

— Vous avez tous d'excellents motifs pour vivre. Il y a quelque chose de grand en vous, qui vous soutient, vous donne de la force. Pas en moi.

Ses yeux s'embuèrent.

— Moi, je ne vivais que pour Ida. Je ne crois pas en Dieu.

Elias sursauta.

— Du moins, je ne crois plus. Je ne crois pas en l'argent, ni en la révolution, et je pense que le Führer est un homme pathétique… Appelez le commandant et dites-lui que vous m'avez choisie. Je n'ai pas le courage d'*aller aux barbelés*. Ce sera mieux comme ça…

Personne ne dit mot. Elias, Moshe, Jiri et Berkovitz échangèrent des regards embarrassés.

— Non, Myriam. Nous ne le ferons pas, intervint Moshe.

Jacek quitta l'endroit où il se trouvait, adossé contre le mur, et se mit à marcher dans la pièce. Il avait les bras croisés, comme pour se protéger.

— Il ne reste que moi, dans ce cas, conclut-il.

— Qu'est-ce que tu croyais ? Que nous te serions reconnaissants pour toutes les fois où tu nous as frappés ou fait frapper ? dit Otto qui s'efforçait de contenir sa rage.

— Je vous ai frappés, c'est vrai.

— Tu sortais ta matraque à la moindre occasion.

Jacek affronta le « rouge ».

— C'est faux, Otto. Et tu le sais.

— Tu…

— Je vous ai frappés seulement quand c'était nécessaire. Quand je ne pouvais pas agir autrement.

— Ce qui arrivait relativement souvent… Ça suffit, Jacek, intervint Moshe. Tu ne passeras jamais pour une victime à nos yeux. Ne nous dis pas que tu étais obligé de le faire. Personne ne t'a forcé à être *Blockältester.* Nombreux sont ceux qui ont refusé.

— C'est vrai. Personne ne m'a obligé.

— Les Schleus te donnaient des rations supplémentaires, de la graisse pour les galoches, une tranche de pain, de la margarine, voire des cigarettes. Tu n'avais pas à travailler, tu restais au chaud, tu évitais les tris. Tu as accepté pour vivre…

— Comme vous tous. Vous avez tous envie de vivre.

— Mais pas à n'importe quel prix. Pas de cette façon. S'il y a une personne, ici, qui mérite bien de mourir, c'est toi.

— Je l'ai fait pour me nourrir, c'est vrai. Mais les choses ne sont pas si simples.

Berkovitz posa son regard sur Jacek.

— C'est-à-dire ?

— Jiri vous a dit que j'étais footballeur, autrefois. J'étais défenseur, mon objectif était de ne pas encaisser de buts. Quand on joue, on doit respecter les règles, sans quoi l'arbitre siffle et vous exclut du terrain.

— Ici, les arbitres tirent, dit Moshe.

— Ici aussi, il y a des règles, que je respecte, comme je les respectais sur le terrain. À quelques exceptions près. Lorsque je jouais, il m'arrivait – rarement, mais cela m'arrivait tout de même – de les enfreindre, ces règles. Quand je m'apercevais que l'arbitre ne me voyait pas parce que j'étais derrière un autre joueur, je repositionnais le ballon avec la main. Ou alors je faisais croire que le ballon était resté sur le terrain, alors qu'il en était sorti. Je chutais sans que personne m'ait bousculé. Il y a des occasions où l'on peut tromper les arbitres, et, lorsqu'elles se présentaient, je n'hésitais pas.

— Ne t'inquiète pas, dit Moshe, nous ne te dénoncerons pas à la Fédération.

— Tu plaisantes sans arrêt, Moshe, mais je te parle de choses sérieuses. C'est vrai que je suis *Blockältester* et que je vous ai frappés pour sauver ma peau.

— Tu oublies les rations de soupe que tu as volées aux *musulmans*, de pain que tu omettais de nous donner, des moments où tu aidais les SS au tri…

— Tu as raison, Moshe. Je les ai aidés à faire les tris. Mais te souviens-tu de Karl, le cordonnier ?

Le regard de Moshe se troubla.

— Je vois que tu ne l'as pas oublié. Te souviens-tu aussi de celui qui lui a permis d'entrer dans le *Kommando* des ateliers, où il était au chaud toute la journée, au lieu de décharger des traverses d'un quintal, par moins dix degrés ? Et sais-tu pourquoi je l'ai fait, Moshe ? Parce que je savais qu'il n'aurait pas tenu le coup, dehors. J'ai dû effectuer un choix. J'ai préféré envoyer quelqu'un de robuste porter des traverses. J'ai essayé de l'aider.

— Continue, Jacek.

— D'accord. Tu te rappelles les sélections qui ont eu lieu en mars, Moshe ? Tout le monde s'en souvient ?

Comment auraient-ils pu les oublier ?

— Dis-moi, Moshe, ce que je t'ai demandé d'*organiser* pour moi au *Kanada*.

— Du fond de teint, il me semble.

— C'est-à-dire ce que les femmes utilisent pour se maquiller, n'est-ce pas ?

— Il me semble que oui.

— Sais-tu ce que j'en ai fait ? J'en ai mis sur les joues des *Häftlinge* trop pâles pour qu'ils réchappent au tri. « Cours ! leur disais-je quand ils devaient défiler devant le médecin. Cours, comme si tu étais poursuivi par le diable ! » Grâce à la course et au fond de teint, certains ont pu être sauvés.

— Beaucoup ne l'ont pas été.

Jacek se trouvait devant Moshe et le dépassait.

— Tu veux encore un exemple ? Le tien, Moshe. Il y a deux mois, quand la dysenterie t'affaiblissait, qui t'a trouvé une place au *Ka-Be* ? Dis-leur…

Moshe haussa les épaules.

— J'aurais trouvé une solution moi-même, de toute façon.

— Et qui t'a prévenu, un matin, qu'ils allaient faire un tri à l'hôpital, qui t'a fait retourner aussitôt au baraquement ? Qui, Moshe ?

Le silence s'abattit autour de la table.

— Je vous ai matraqués, c'est vrai. Mais je ne pouvais pas agir autrement. Si je ne m'étais pas exécuté, un autre, peut-être plus féroce que moi, s'en serait chargé. Peut-être Alexey. J'ai essayé de ne vous frapper que lorsque c'était indispensable, pas trop doucement pour que les SS ne s'énervent pas, mais pas trop fort non plus pour ne pas vous blesser. Et toi, Jiri !

L'acteur sursauta.

— Tu nous as montré ton hématome. Mais si je ne t'avais pas frappé, qu'est-ce que le SS qui t'a arrêté t'aurait fait, lui ?

Jiri frissonna et ne répondit pas.

— Il ne t'aime pas, Jiri. Tu le sais, poursuivit Jacek. Comment t'appelle-t-il, déjà ? *Sale inverti ?* Et quand, il y a trois semaines, il t'a rencontré sur l'*Appelplatz*, vous étiez seuls. Il t'a arrêté et a pris ton bonnet. Qu'a-t-il fait, ensuite ?

— Il l'a lancé, marmonna Jiri.

— Exact. Il l'a lancé, mais au-delà de la ligne des sentinelles. Et que t'a-t-il dit ? « Va le chercher ! » C'était l'ordre d'un SS, auquel tu ne pouvais donc te soustraire. Si tu étais allé chercher ton bonnet, les sentinelles t'auraient tiré dans le dos, et tu serais devenu un prisonnier tué au cours d'une évasion. Ou alors, tu désobéissais et c'est lui qui t'aurait abattu, non ?

— Si, murmura Jiri.

— C'est là que je suis passé, Jiri. Et qu'est-ce que j'ai fait ? J'ai fait comme si je t'avais cherché partout. Je me suis approché de toi et je t'ai frappé. Le SS a éclaté de rire et m'a incité à frapper plus fort. Puis il est parti, tout content. La colère lui était passée. Mais si je n'étais pas arrivé, Jiri, où serais-tu en ce moment ?

Jiri baissa les yeux.

— La vérité, c'est qu'ici, dans le camp, on peut se comporter comme Elias, qui accueille avec sérénité toutes les épreuves que lui envoie le Seigneur, quelles qu'elles soient… Ou alors on essaie de faire des choix. Il est toujours difficile de choisir. Mais ici, ça l'est bien davantage qu'ailleurs. La marge de manœuvre est infime et on a en permanence cinq ou six adversaires à affronter en même temps. Mais cet espace existe. Je l'ai occupé quand j'ai pu, comme j'ai pu. À mes risques et périls. Que pensez-vous qu'il me serait arrivé si les SS s'en étaient aperçus ? Auriez-vous eu le même courage ?

Les prisonniers restèrent sans voix. Otto fit les cent pas. Il ouvrit la bouche, puis la referma. Le silence était total.

— Je me suis retrouvé ici à cause du marché noir, vous le savez bien, reprit Jacek au bout de quelques instants.

Pour ça aussi, il m'a fallu du courage. Mais j'étais obligé de m'y livrer. Pour mon frère, Tadeusz.

— Tu ne nous as jamais dit que tu avais un frère, fit remarquer Elias.

— Je n'avais plus que lui. Mon père est mort au cours de la Grande Guerre et ma mère, peu après, de tuberculose. Tadeusz travaillait dans les chemins de fer, moi, je gagnais bien ma vie et l'aidais. Une nuit, quelqu'un a commis une erreur de manœuvre et il a été percuté par un train. Il a perdu un bras, une jambe et, évidemment, son travail. Il ne peut plus se déplacer. À Varsovie, nous habitions au cinquième étage, alors il restait enfermé toute la journée...

Jiri se raidit soudain. Il leva les yeux sur Jacek, l'air surpris, comme s'il venait de retrouver au fond d'un tiroir un objet égaré depuis longtemps. Il s'apprêta à prendre la parole, puis se ravisa. Le chef de baraquement poursuivit son récit, sans remarquer son trouble.

— Vous comprenez maintenant pourquoi je dois survivre à tout prix ? Pourquoi j'ai accepté d'être *Blockältester* ? C'est pour lui que j'agis ainsi. Si je mourais, il ne saurait plus comment se débrouiller, sans personne pour l'aider. Quand on m'a emmené dans ce camp, je me suis juré d'en ressortir vivant, à n'importe quel prix.

Moshe croisa le regard de Berkovitz, puis d'Elias et de Jiri.

— Il n'est pas facile de trouver un coupable ici, dit-il.

— Tu as vu, papa ?

Felix écarquilla ses yeux ensommeillés.

— Tu as failli prendre mon fou, mais j'ai réussi à m'échapper ! exulta-t-il.

Breitner caressa tendrement la tête de son fils.

— C'est bien, Felix. Tu commences à comprendre.

23 heures

— Cessons de discuter. Il faut nous dépêcher.

Otto avait recouvré ses forces.

— Je ne peux plus attendre, les camarades ont besoin de moi.

Berkovitz souleva ses lunettes et frotta ses yeux rougis.

— Je n'ai plus d'idées. J'ai l'impression que…

— Que quoi ? le coupa Otto.

— Je ne pense pas que le commandant nous ait choisis au hasard. Il a voulu organiser une expérimentation. Mengele s'amuse avec les corps, Breitner avec les esprits. Un Juif fortuné, un agent immobilier, un rabbin, sa femme, un criminel, un athlète, un vieillard, un financier, et même un ex-officier SS. Vous ne comprenez pas ? C'est une reproduction, à l'échelle, du camp. Je suis certain que Breitner s'amuse comme un fou. Nous sommes des cobayes dans une cage, qui cherchent en vain le moyen d'en sortir…

— Moi je le connais, dit Otto.

— Tu es sûr ? demanda Berkovitz. Même ton évasion fait peut-être partie des plans de Breitner. Si ça se trouve, il sait déjà tout et il t'attend derrière cette porte. En général, le morceau de fromage cache le piège.

Otto se mordit les lèvres. Une lueur de doute traversa son regard.

— Cela ne nous aide pas à résoudre notre problème, constata Moshe. Qui choisissons-nous ?

— Pourquoi pas lui ? demanda Jacek d'une voix glaciale.

Ils se retournèrent, surpris, vers le prisonnier que le *Blockältester* désignait.

— Jiri ? Et pourquoi donc ?

Jiri, accroupi, se redressa d'un coup.

— Me voici. Je suis prêt. Immolez-moi sur l'autel. Je serai votre agneau, blanc comme le lait, pur comme un ange.

— Tais-toi, Jiri. Pourquoi lui, Jacek ?

— Vous le savez bien. Personne ici n'est innocent. Toi, Moshe, tu fais affaire avec les Schleus. Moi, j'obéis à leurs ordres. Et Jiri, lui, se donne à tous, des *Lagerkapos** aux SS.

L'acteur s'approcha de Jacek en ondulant lentement des hanches.

— Allons, mon chéri, ne fais pas ton jaloux…

— Sois sérieux, pour une fois ! l'admonesta Jacek. Nous savons tous comment tu t'y prends pour éviter d'aller travailler et d'où provient toute la margarine que tu manges.

— Je chante. Je chante ! Tu ne savais pas, Jacek ? Les officiers adorent mes chansons. *Ich bin die fesche Lola…*

Sa voix harmonieuse de fausset se répandit dans le baraquement. La tension s'évapora. Chacun écouta la mélodie qui, l'espace d'un instant, dissipa la réalité dans laquelle ils étaient immergés. Dans le camp, il suffisait de quelques notes de musique, du vers d'un poème, pour faire de nouveau partie du monde.

— Et ensuite ? l'interrompit Jacek. Que se passe-t-il quand tu as fini de chanter ?

Jiri cessa brusquement son chant, comme si un spectateur du parterre lui avait hurlé une insulte.

— Ensuite…, répondit-il d'une voix altérée. Ensuite…

Le ton de sa voix changea, comme si son microphone avait cessé de fonctionner. Il retrouva le timbre profond qui était le sien et qu'il falsifiait.

— Je suis la putain du camp. Vous avez raison. J'ai couché avec tout le monde ici pour un litre de *Wassersuppe* supplémentaire. Toi, Moshe, tu es bon en affaires. Moi, non. J'ai les poches percées, l'argent me file entre les doigts. Regardez-moi !

Il écarta les bras en un geste théâtral.

— Je suis petit, maigre, je n'ai pas de muscles. Combien de temps aurais-je tenu ici avant de devenir un *musulman* ? Vous voulez survivre ? Moi aussi. Chacun exploite les ressources dont il dispose. Myriam a dit que tu aimais la vie, Moshe. Moi aussi, j'aime la vie. Immensément. Mais je suis faible. J'ai besoin de l'aide des autres. J'en ai toujours eu besoin, même en dehors d'ici, quand je travaillais au *Kabarett*. Je connaissais beaucoup de monde, y compris des officiers SS. Avec leurs uniformes amidonnés, leur pas martial et la fureur sauvage qui les animait… Notre glorieux *Reich* ! Blonds, aux yeux bleus, le torse musclé… ils étaient magnifiques. Magnifiques et dangereux. N'allez pas imaginer que c'était facile.

Son regard s'assombrit.

— Un jour… J'étais avec un *Obersturmführer*. Nous étions allongés, nus, et nous mangions. Il avait apporté du champagne – qui sait comment il se l'était procuré – et du foie gras. Ah, quelle merveille ! Puis, à un moment…

Jiri ne put finir sa phrase. Il frissonna. Myriam le prit dans ses bras et le *triangle rose* trouva la force de poursuivre.

— À un moment, il a sorti son pistolet de sa gaine et l'a enfoncé dans le foie gras, comme si c'était un gressin. Il a fait tourner le pistolet plusieurs fois, avec insistance. Je le regardais sans le comprendre. Il avait un drôle de sourire. Puis il m'a ordonné de me tourner, en pointant le pistolet plein de foie gras. Je l'ai supplié… il n'y avait rien à faire. Il avait l'air d'un dément. Il continuait à hurler « sale Juif inverti », « pédé juif ». Alors j'ai obéi. Je me suis mis à plat ventre. Il m'a attaché les pieds et, avec le pistolet…

Il marqua une pause.

— Il m'a sodomisé. Il a enfilé de canon du revolver en moi et s'est allongé sur moi. Je ne pouvais pas me retourner mais je sentais son souffle dans mon cou, son corps pesant sur le mien. « Et maintenant, sale Juif, tu sais ce que je vais faire ? » m'a-t-il demandé en me ricanant dans l'oreille. J'étais terrorisé, je ne pouvais plus bouger. J'étais mort de peur et j'ai fini par me faire dessus. Quand il s'en est aperçu, il a perdu le contrôle, il s'est mis à hurler. Moi je pleurais, je le suppliais, tandis que l'odeur se répandait dans la chambre. « Sale Juif dégueulasse, tu dois mourir ! » a-t-il crié. « Je vais tirer, je vais tirer ! » hurlait-il, en remuant le canon en moi. Puis il a appuyé sur la détente. J'ai entendu le clic et j'ai cru que je mourais. Mais l'arme était vide. J'ignore s'il l'a fait exprès ou si j'ai eu de la chance. Puis lui aussi, tout à coup, s'est déchargé. Il s'est étendu sur le dos, sans plus rien dire. Il était hagard. Je crois que je me suis évanoui. Quand je suis revenu à moi, il n'était plus là. J'étais encore attaché au lit. J'ai dû attendre jusqu'au lendemain avant que quelqu'un me trouve là, dans une mare de sang et de merde.

Il cessa de parler et personne n'osa prendre la parole. Les images de son récit flottaient dans les esprits.

— Mais heureusement qu'ils n'étaient pas tous comme lui ! dit Jiri en souriant. Des généraux, j'en ai passé plus d'un en revue ! Je pensais qu'ils m'aideraient. Un Juif qui amuse n'est pas dangereux, me disais-je. Un Juif avec qui on couche n'est plus un Juif, n'est-ce pas ? C'est un amant, un ami, un compagnon. Quel idiot…

Moshe baissa les yeux, gêné. Paul l'observait avec amusement.

Le ton de Jiri changea et se fit agressif.

— J'ai utilisé mon corps, c'est vrai. Cela ne me déplaisait pas, c'est vrai aussi. Mais au moins, je n'ai utilisé que moi, pas les autres. Ce qui n'est pas le cas de tout le monde dans ce baraquement.

Le *triangle rose* fixa ostensiblement Berkovitz et poursuivit.

— Moshe fait des affaires avec les Schleus du camp, mais c'est pour survivre. Il nous aide aussi : grâce à lui, nous obtenons des choses qui, sans cela, nous seraient inaccessibles. Mais toi, Berkovitz, tu ne t'es pas contenté de troquer quelques cigarettes ou une chemise neuve. Tu as conclu des affaires avec les nazis, tu as prêté de l'argent aux Krupp, aux Thyssen, aux Flick, aux Schaeffer ou qui sais-je… Tu ne te préoccupais pas de ce qu'ils faisaient, d'Hitler, des nazis, des armes qu'ils fabriquaient, des Juifs qu'ils voulaient exterminer… Il n'y a que l'argent qui t'intéressait. Tu pensais que l'argent te sauverait, parce que l'argent n'est ni aryen ni juif. Tu t'es rendu compte trop tard de la véritable nature de tes amis. Ils t'ont trompé pour mieux te voler…

Berkovitz serrait la mâchoire. Un éclair étincela sur la monture de ses lunettes. Tout son corps s'était raidi.

— Je n'étais pas le seul à traiter avec eux. Toute l'Europe…

— Mais tu étais *juif*, Berkovitz ! l'interrompit Jiri. Tu étais juif. Les nazis ne t'avaient pas dit quel sort ils nous réservaient ?

— On racontait des tas d'histoires, mais personne n'était sûr de la vérité. Mon métier est de faire des affaires. Je ne suis pas coupable de cela.

— Pour moi, tu es le plus coupable de tous, dit Jiri de son timbre de voix profond. Tu as trahi tes frères.

— Je…

Berkovitz ne finit pas sa phrase. Elias lui coupa la parole.

— Jiri a raison. Tu étais au courant de ce qui se passait dans toute l'Europe, et tu as fermé les yeux. Tu as continué à commercer avec eux même lorsque les premiers wagons plombés étaient partis. Tu as remplacé Dieu par l'argent.

Berkovitz tremblait. Toute son assurance de puissant homme d'affaires s'était évanouie.

— Tu n'es pas le seul, cela dit, poursuivit Elias. Il paraît que, même à Budapest, les Juifs les plus riches sont en train d'acheter leur salut, et peu leur importe que les autres aillent au diable ! On dit qu'ils ont l'intention d'expédier un train rempli d'or en Suisse, destiné aux chefs nazis. Dieu a voulu nous mettre à l'épreuve, mais nous ne sommes pas tous à la hauteur…

Paul était silencieux dans un coin de la pièce. Seul un léger sourire animait ses lèvres. Il n'était pas difficile aux autres d'imaginer ce qu'un nazi pensait de leurs disputes.

— Vous avez raison, admit Berkovitz. Je pensais que l'argent suffirait pour me sauver, sauver ma famille et beaucoup d'entre nous… L'argent est puissant, il peut acheter n'importe qui. Mais ils ne m'ont pas tout volé. J'ai réussi à en placer un peu en lieu sûr, en Suisse. J'ai plusieurs millions en or, à Zurich. Il nous suffira de survivre au camp, d'une manière ou d'une autre… Alors, nous ne devrons plus penser à rien. Nous pouvons utiliser cet or pour convaincre le commandant. Les bijoux du *Kanada* sont de la pacotille par rapport à ce que je possède. Mes amis sont déjà à l'œuvre, en Pologne, ils trouveront le moyen de nous sortir d'ici. Ils nous enverront dans un autre camp, dont il sera plus facile de sortir. Vous verrez, nous trouverons le moyen. Restez avec moi et nous survivrons ensemble…

— Serais-tu en train de nous acheter, Berkovitz ? demanda Moshe d'une voix glaciale.

— Moi, non…

— Tu en avais tout l'air. Nous sommes dans ce maudit baraquement, prisonniers de nous-mêmes, et nous devons choisir une personne à sacrifier. Et, tout à coup, tu nous racontes cette histoire d'argent. D'accord, Berkovitz : sors ton carnet de chèques, c'est jour de paie.

Moshe, Jiri, Elias et Otto regardaient le financier avec réprobation. Paul se tenait à l'écart, près de Jacek. Le chef de baraquement semblait absorbé dans des calculs compliqués.

Myriam avança d'un pas. Elle posa une main sur le torse maigre de Berkovitz, dans un geste qui ressemblait autant à une caresse qu'à une tentative de l'éloigner.

— Ce n'est pas sa faute, dit-elle en se tournant vers les autres. C'est la faute de l'époque dans laquelle nous vivons tous, lui y compris, dit-elle en désignant Paul. Nous sommes tous écrasés par quelque chose de plus grand que nous. Ce n'est la faute de personne…

Elle s'adressa à son mari.

— C'est bien toi, Elias, qui me répétais souvent : « Sois le maudit, et non celui qui maudit. »

Les prisonniers se regardèrent en silence.

— Non, Myriam, dit Moshe. Les fautes ne sont pas toutes égales. Certains ont essayé de résister, d'autres, non. Certains ont offensé, d'autres n'ont fait que se défendre.

Épuisés, ils décidèrent de se reposer. Jiri s'allongea par terre, d'autres allèrent chercher des couvertures et en jetèrent quelques-unes sur le plancher pour s'y étendre.

— Je crois..., reprit Moshe.

Mais il n'eut pas le temps de finir sa phrase. Les hurlements des sirènes retentirent dans le camp avec une stridence à percer les tympans.

— Ils arrivent pour bombarder ! s'écria Moshe.

Felix s'était endormi, la tête posée sur son bras replié. Breitner contemplait l'échiquier, tout en caressant affectueusement ses cheveux blonds.

— Tu vois, Felix, dit-il, bien que l'enfant ne pût l'entendre, voilà ce qui arrive lorsqu'il n'y a pas de discipline.

Il indiquait les huit pièces restées en possession des blancs.

— Quand on a l'impression que l'ennemi est sur le point de vaincre, la panique se déchaîne. Chacun cherche à sauver sa peau et c'est la porte ouverte à la défaite. Alors qu'il suffirait de rester unis pour résister, ou du moins, pour limiter les pertes.

La porte s'ouvrit et Frieda apparut. Elle aperçut le petit garçon endormi et un sourire attendri illumina son visage.

— Je vais le mettre au lit, dit-elle à voix basse.

Je vais t'aider, proposa Breitner.

C'est alors que les sirènes se mirent à hurler. Le commandant serra son fils contre lui dans un geste instinctif de protection. Son épouse le regarda avec des yeux terrorisés.

— Je ne pense pas qu'ils viendront ici, ne t'inquiète pas, dit-il.

Le bruit réveilla Felix, qui ouvrit ses yeux gonflés de sommeil.

— Papa…, murmura-t-il.

Puis il se souvint du jeu et posa les yeux sur l'échiquier.

— La partie…

— Nous la finirons demain, ne t'inquiète pas. Maintenant, au lit !

Le hurlement des sirènes se faisait de plus en plus lancinant. Breitner couvrit les oreilles de son fils avec ses mains.

— N'aie pas peur, dit-il doucement, ce n'est rien. Elle va bientôt s'arrêter. Dors…

Minuit

Les condamnés hurlaient de joie à l'intérieur du baraquement.

— Ils arrivent ! Ils arrivent ! Maudits Schleus, vous aussi, vous avez peur, maintenant, n'est-ce pas ?

Jiri entonna de nouveau *Ich bin die fesche Lola*... de sa voix de fausset, en roulant des hanches dans toute la pièce, comme s'il se trouvait sur une immense scène. Moshe le prit par la main et ils esquissèrent ensemble quelques pas de danse grotesques sur le sol en bois, qui craquait à chacun de leurs mouvements.

— Venez ! hurla Otto. Venez et faites le ménage ! Vive le camarade Staline, vive le camarade Lénine, vive le Parti !

— Vive le camarade Churchill ! cria Moshe.

Elias déplaça de quelques centimètres la couverture qui recouvrait la fenêtre et leva les yeux, cherchant à repérer les avions dans le ciel. Même Myriam était soudain habitée par cette étrange excitation.

— Lâchez les bombes ! Lâchez-les et qu'on en finisse ! invoqua Moshe.

Mais, au bout de quelques minutes, le vrombissement des appareils s'éloigna, tandis que les sirènes du camp baissaient d'intensité. L'euphorie retomba dans la buanderie.

— Mais où vont-ils ? cria Otto en s'approchant de la fenêtre.

— Fais attention ! le prévint Moshe. Les Schleus doivent être nerveux et impatients de tirer sur quelqu'un.

— Ils s'en vont…, constata Elias.

— Revenez ! cria Otto.

— Il faut croire que ce n'était pas pour aujourd'hui, dit Moshe sans pouvoir dissimuler sa déception.

— Ils vont bombarder la Silésie, intervint Paul en sortant de son coin. Et heureusement ! Vous imaginez, s'ils avaient essayé de bombarder les fours crématoires ? Ils auraient forcément touché le camp. Vous ne vous rendez pas compte !

Un sourire fébrile apparut sur les lèvres de Moshe.

— Et alors ? Ils auraient détruit les fours. Du reste, qu'est-ce qu'on en a à faire !

— Qu'est-ce qu'on en a à faire ! répéta Jiri. Au diable les Schleus et toutes leurs croix de fer !

— Ils sont allés ailleurs, constata Paul. Ce sont eux qui n'ont rien à faire de vous. Je suis militaire et je sais comment raisonnent les militaires, de ce côté comme de l'autre, aussi bien les communistes, que les nazis ou les capitalistes. Leur mission est de frapper les objectifs industriels. Sans armes, on ne fait pas la guerre. Sans armes, les ennemis ne peuvent pas nous tuer. Pour arriver jusqu'ici, les bombardiers doivent couvrir deux mille miles en territoire ennemi. Croyez-vous qu'ils vont risquer leurs équipages pour sauver une poignée de civils ?

— Des dizaines de milliers de civils, rectifia Moshe.

— Pour les militaires, le civil n'est qu'une entrave au bon déroulement des opérations. Il y a les soldats de leur camp, et les soldats ennemis. Tout le reste, c'est *Scheiße*.

Sa remarque produit un certain effet. L'excitation disparut aussi vite qu'elle s'était manifestée.

— Vous ne comprenez pas ? poursuivit l'Allemand. Les Anglo-Américains se fichent pas mal que des Juifs se fassent tuer. Si ça se trouve, cela les arrange même un peu…

Les sirènes se turent. Le silence soudain fut presque assourdissant. On entendit les ordres donnés aux sentinelles et l'aboiement des chiens apeurés, puis plus rien.

— C'est fini, dit Berkovitz. Ils ne reviendront pas. Ils ne viendront jamais lâcher des bombes ici.

— Mais ne sont-ils pas au courant ? demanda Elias. Ne savent-ils pas ce qui se prépare aussi en Hongrie ?

— Les SS m'ont dit qu'il en arrivera un million en l'espace de quelques mois.

— Alors, les tris vont recommencer…

— Mais personne ne fait rien ? demanda Jiri, l'air horrifié. Il faut les arrêter ! Le pape…

— Le pape prie, poursuivit Elias.

— Pour qu'ils nous tuent tous, peut-être, dit Moshe.

La fatigue les accabla de nouveau. Moshe et Elias remirent, avec des gestes las, la couverture devant la fenêtre, au moins pour bloquer le courant d'air glacial. Puis ils s'assirent par terre, le dos au mur, l'un à côté de l'autre. Jiri rejoignit Myriam dans la partie la plus éloignée de la buanderie. Elle se déplaça pour lui faire de la place et le *triangle rose* vint se blottir contre elle. Otto et Paul s'assirent à la table, sous la lampe, l'un en face de l'autre. Berkovitz alla s'installer au fond, suivi de Jacek. Il s'allongea sur une couverture, loin de Myriam et de Jiri, mais aussi du cadavre de Jan. Il ôta ses lunettes et les posa sur sa poitrine. Jacek s'étendit non loin de lui. Les prisonniers sombrèrent dans un état à mi-chemin entre le sommeil et la veille : incapables de s'endormir, ils ne parvenaient pas non plus à rester tout à fait éveillés.

Le silence était absolu.

Breitner porta Felix jusqu'à son lit, sans qu'il se réveille. Il enviait le sommeil profond et innocent des enfants. L'espace d'un instant, il eut l'impression d'être revenu dans l'atelier de Munich, lorsqu'on lui demandait, de temps en temps, de donner un coup de main pour déplacer des caisses et des palettes. À la fonderie, les camions déchargeaient des barres de fer de dix-huit centimètres et il en sortait des vis, des boulons, des clefs Allen, des rondelles et des clous. Il entrait la matière première et il ressortait des produits finis. Dans le camp, son travail était le même, mais le cycle de production s'était inversé : il entrait des hommes, il ressortait des cendres.

Il remonta dans la mansarde et leva les yeux sur la fenêtre donnant sur le camp immergé dans l'obscurité. Des milliers d'hommes, qui pouvaient nuire au Reich, devaient être éliminés. On n'avait pas le choix. Mais il fallait auparavant tirer profit de leur force de travail jusqu'au bout. Il ne fallait pas les laisser s'épanouir, mais pas les dénutrir complètement non plus.

Breitner se souvint brusquement de quelque chose. Il attrapa le téléphone et composa un numéro.

— Allô, *Herr Oberscharführer* ?

— *Jawohl, mein Offiziell !*

La voix du subordonné lui parvenait avec un écho métallique et lointain qui agaça le commandant.

— Y a-t-il du nouveau chez les prisonniers du baraquement ?

— Aucune, depuis la tentative d'évasion, *mein Herr.*

— Leur avez-vous distribué la soupe ?

Breitner perçut un instant d'hésitation à l'autre bout du fil.

— Non, mon commandant. Vos ordres…

Le sous-officier ne termina pas sa phrase.

— Ai-je donné l'ordre de les laisser mourir de faim, *Herr Oberscharführer* ?

— Non, mon commandant. Mais…

— Le règlement prévoit que, en l'absence d'ordres spécifiques, on applique le protocole habituel. L'auriez-vous oublié ?

— Je…

— La soupe doit être distribuée deux fois par jour à tous les prisonniers, sauf quand ils sont morts ! Avez-vous constaté que tous les prisonniers étaient morts, *Herr Oberscharführer* ?

— Non, *Herr Kommandant.*

— Alors, exécution !

Le commandant raccrocha sans laisser à son interlocuteur le temps de répliquer. Pour tenter de se calmer, il croisa les doigts et étira ses bras. Mais sa mauvaise humeur ne se dissipa pas et il continua à se demander quel en était le vrai motif.

1 heure

— Il ne vous reste pas beaucoup de temps. La guerre est sur le point de se terminer, dit Otto à Paul, qui était assis devant lui.

Il parlait à voix basse. Il était épuisé mais ne voulait pas s'abandonner au sommeil. Le matin approchait trop vite.

— À Berlin, ils étudient d'autres armes, répliqua l'officier. Ils bombarderont Londres avec les V2. Nous raserons la ville au sol. À Telemark, ils travaillent sur des bombes d'un nouveau type. Vous n'y réchapperez pas. L'année prochaine, nous lancerons la contre-offensive à l'Est. Nous entrerons à Moscou pour Noël.

— C'est-ce que disait aussi Napoléon.

— Napoléon n'avait pas les V2.

— Allons, Paul, tu sais pertinemment que les Russes finiront par arriver à Berlin. Hitler n'a aucun moyen de s'en tirer.

— Mais toi aussi, Otto, tu es allemand. Je n'arrive pas à croire que la défaite de notre patrie te réjouisse.

Le communiste fit une grimace.

— Je ne sais pas… C'est vrai, il est difficile de choisir. J'aime l'Allemagne, mais je hais Hitler. C'est un fou.

Il leva les yeux vers Paul.

— Je suis convaincu que tu penses la même chose.

— On ne choisit pas ses chefs.

— C'est faux. Tu peux refuser.

— Un militaire obéit.

— Tu as déjà désobéi une fois. Car toi aussi, tu combats pour un idéal. Erroné. Terriblement erroné. Mais tu ne fais pas la guerre pour toi-même. Tu luttes parce que tu es persuadé qu'il peut y avoir des lendemains meilleurs, même s'ils ne sont pas les mêmes que les miens.

— Et toi ?

— Mes idéaux sont très différents.

— Quoi ? Le communisme ? Tu y crois vraiment ? Nos généraux nous volent, exactement comme vos chefs. Parfois je pense qu'il n'y a pas de différence entre vous et nous. Staline est au moins aussi fou qu'Hitler. Dis-moi le contraire…

Otto voulut répondre, mais il se ravisa.

— Saurais-tu me dire quelles différences il y a entre ta classe ouvrière et mon *Volk* ? Personnellement, je n'en vois pas beaucoup…

Ils demeurèrent silencieux, se dévisageant l'un l'autre.

— Que faisais-tu avant d'entrer dans la SS ?

Paul pouffa.

— Je suis parti de chez moi à dix-huit ans. Je ne supportais pas mon père.

— Le *Brigadeführer* ?

— Depuis ma plus tendre enfance, il n'a fait que me bourrer le crâne avec la discipline, l'ordre, les règles. Quand j'avais six ans, il me faisait prendre un bain dans l'eau glacée à cinq heures et demie du matin. Puis on allait marcher dans les bois pendant deux ou trois heures. Une fois, j'ai failli mourir de pneumonie.

— Et ta mère ?

— Elle était terrorisée. Mon père me frappait sans arrêt. Il me fouettait. Et elle… elle ne faisait rien. Elle ne disait rien. Je l'ai détestée pour cela.

Le regard insolent de Paul se voila tout à coup de tristesse. De vieilles douleurs lui passaient sur le cœur.

— Mais alors, pourquoi es-tu entré dans l'armée ?

— Dis-moi, Otto, tu ne t'es jamais rendu compte d'une chose ? Nous en arrivons à détester nos parents, nous les maudissons et nous nous jurons de ne jamais devenir comme eux… Et puis nous finissons par commettre les mêmes erreurs.

— C'est ainsi que tu es entré dans la SS.

— Mon père appartient à la Wehrmacht. Ils haïssent les SS. Ils nous considèrent comme des indisciplinés indignes de confiance, sans traditions militaires, corrompus politiquement. Pour être honnête, Otto, je crois que je suis entré dans la SS pour contrarier mon père.

— Tu n'as pas réussi, s'il est intervenu pour sauver ta peau.

— Il m'aime bien. À sa manière. Ou peut-être veut-il me sauver juste pour me donner une autre leçon. Nous ne parviendrons jamais à nous entendre.

— Toi, au moins, tu as un père…

— Dis-moi, Otto, tu n'as jamais pensé qu'au Parti ?

— Et toi, qu'au Führer ?

— Non, pas du tout ! Il y a des tas d'autres choses qui me plaisent.

— Les femmes ?

— Les motos. C'est ma passion.

Le regard d'Otto s'illumina.

— Les motos ? Quelles motos ?

— La Zündapp K750. Tu connais ?

— Quatre temps, deux cylindres opposés, récita Otto. Taux de compression 6,2 à 1, puissance maximale vingt-quatre chevaux à six mille tours, distribution à soupapes en tête inclinées, carburateur Solex type 30 BFRH. Réservoir de vingt-trois litres, vitesse maximale, quatre-vingt-quinze kilomètres par heure. Une merveille !

— Tu en as déjà conduit une ?

— Une fois. Celle d'un de mes camarades de section. Mais la BMW R75 est mieux.

— Tu plaisantes ! Elle ne vaut pas la moitié de la Zündapp.

— La BMW possède le carburateur Graetzin 24. C'est autre chose que le Solex.

— On voit que tu n'en as jamais possédé une. Et le châssis ? Le châssis BMW est en acier pressé, rien à voir avec…

— Regarde, dit Moshe à Elias, assis par terre à ses côtés sur le plancher de bois brut couvert de grandes taches d'humidité.

Moshe désigna Paul et Otto en grande discussion.

— Ils étaient sur le point de s'étriper, et maintenant…

— Comme Moïse et Aaron. Totalement différents, et pourtant ils s'entendaient bien.

— Ah, les Allemands… En tout cas, d'Hitler ou de Staline, je ne sais pas qui est le pire. Les Russes n'ont pas encore mis fin à la guerre contre les nazis que déjà ils commencent la guerre contre les Américains. J'aimais bien le monde tel qu'il était autrefois. Tu te souviens de Varsovie avant la guerre ? C'était beau. Mais j'ai bien peur que rien ne soit plus comme avant.

— Ne craint l'avenir que celui qui n'a pas un cœur d'enfant.

— Tu as raison, Elias. Je n'ai pas un cœur d'enfant. Je n'en ai jamais eu. Sais-tu que je t'ai haï ?

Elias leva les yeux vers Moshe, sincèrement surpris.

— Tu m'as haï, moi ?

— Oui. À cause d'Ida. Je pensais que tu n'avais pas le droit. Un enfant n'a pas le droit d'être sacrifié, même par son père. Même par toi.

Elias le fixa avec étonnement.

— Myriam aussi te haïssait, ajouta Moshe. Ce n'est pas l'amour qui nous a poussé l'un vers l'autre. C'est la haine. Nous voulions te punir, et nous avons cherché le moyen le plus douloureux d'y parvenir.

Elias appuya sa nuque sur la couverture étendue par terre et ferma les yeux.

— Je suis désolé, dit Moshe. Mais c'est vraiment comme cela que les choses se sont passées dans le ghetto.

Ils demeurèrent silencieux.

— Et maintenant ? demanda Elias au bout d'un moment.

— Maintenant, je suis encore plus convaincu que personne n'a le droit de sacrifier la vie d'un autre être. Jamais.

Elias soupira.

— Tu vois ? Tu me donnes raison, dit-il sans regarder Moshe. Moi aussi, je le sais, désormais. C'est pourquoi je n'ai aucune intention de me plier à ce choix absurde. Tu t'es trompé et je ne pourrai jamais te pardonner. Mais tu m'as ouvert les yeux. Je méritais un châtiment. Dieu a peut-être choisi cette voie.

— Dieu n'a rien à voir là-dedans, Elias.

— Dieu est toujours présent. Ici aussi, même en ce moment où l'on a l'impression qu'il nous a oubliés. Tu as trahi un ami. Mais moi…

Il soupira. Puis il rouvrit tout à coup les yeux et planta son regard dans celui de Moshe.

— Moi j'ai trahi ma fille. Ta faute est moins grave.

Moshe, inquiet, se pétrissait les mains.

— Nous n'aurions peut-être pas réussi à la faire fuir.

Elias secoua longuement la tête.

— Cela n'annule pas mon erreur pour autant, ni la tienne. Dieu seul peut nous juger, et peut-être nous pardonner.

Elias fit un effort pour se lever, puis fléchit les jambes et s'agenouilla. Il sortit un petit morceau de tissu effilé de sous son uniforme et le posa sur sa tête. Puis il se pencha en avant jusqu'à toucher le sol avec son front.

— Va-t'en, je dois prier.

— Regarde-les, dit Jacek à Berkovitz, assis sur la même couverture que lui, en indiquant Moshe et Elias. On dirait qu'ils ne se détestent plus.

Berkovitz se souleva sur un coude, chaussa ses lunettes et jeta un coup d'œil.

— Effectivement, soupira-t-il.

— Quand ils sont arrivés dans ce baraquement, ils se haïssaient, et maintenant…

— La proximité de la mort provoque toujours des effets curieux. Certains deviennent des lâches, d'autres des héros.

— Je n'ai jamais cru que je mourrais vraiment.

— C'est ce que tout le monde pense. Jusqu'à ce qu'on nous enfourne.

— Toi aussi, tu t'es déjà pensé immortel ?

— L'argent donne cette sensation.

— C'est vrai, tout ce que tu nous as raconté tout à l'heure ?

— L'or ? J'ai réussi à en emporter beaucoup en Suisse, avec l'aide de quelques amis. Et j'en ai aussi caché ailleurs, en lieu sûr. Mais j'ignore s'il pourrait m'être utile, ici au camp. C'est comme un pistolet rangé dans un tiroir dont on n'aurait pas la clef : cela ne sert à rien.

Jacek se tourna vers lui en se hissant à son tour sur son coude et baissa la voix.

— L'argent trouve toujours le chemin de ceux qui le désirent. J'ai beaucoup d'amis parmi les officiers. Je pense même pouvoir arriver jusqu'à Breitner.

— Qu'est-ce que tu as derrière la tête ?

— Dis-moi où tu as caché l'argent. Le commandant est un homme avide. À lui seul, il a volé au *Kanada* bien plus que tous les autres réunis.

— Pourquoi devrais-je t'accorder ma confiance ?

— C'est notre dernier espoir. Nous pouvons acheter Breitner.

— Il ne nous laissera jamais sortir d'ici.

— Non, bien sûr que non. Mais il peut nous transférer au *Ka-Be* en tant que secrétaires du médecin. Ou au Registre. Dans un bureau, au chaud, en sécurité, bien nourris, et où nous n'aurons qu'à attendre la fin de la guerre.

— La fin de la guerre... Tu y crois vraiment ? Crois-tu que, lorsque les Russes vont débarquer, les Schleus vont nous abandonner, comme un cadeau de bienvenue ? Tu es fou... Personne ne sortira vivant d'ici. Parce que nous *savons*. Himmler nous fera exterminer jusqu'au dernier et dira ensuite au reste du monde que nous sommes morts de fièvre. Ils détruiront les fours crématoires, la rampe, et diront qu'il ne s'est rien passé. Un camp de prisonniers, rien de plus. Et ils trouveront des gens pour les croire. « Des millions de Juifs exterminés ? Donnez-nous des preuves ! »

— Réfléchis, Berkovitz. Même si nous réchappons à cette nuit, nous ne pourrons pas survivre à un autre hiver. Il arrivera d'autres trains de Hongrie et les sélections recommenceront. Toi, avec tes lunettes, il est certain que tu ne passeras pas.

Berkovitz s'assombrit.

— Non, je ne passerai pas.

— Et alors ! Pourquoi ne pas tenter ? Ton or servirait au moins à quelque chose.

Berkovitz secoua la tête.

— Pour moi, il est trop tard. L'argent ne me fera pas sortir d'ici. Mais je peux éviter que d'autres finissent dans ce camp.

— Je ne comprends pas...

— Tu as entendu ce qu'a dit Elias tout à l'heure ? Ils se préparent à des déportations en masse en Hongrie, comme ils l'ont fait chez nous en Pologne.

— Même toi, tu ne pourras pas acheter le salut d'un million de Juifs.

— Je pourrais convaincre quelqu'un d'intervenir.

Jacek pouffa.

— Ne commence pas à rêver comme celui-là, dit-il en désignant Otto, ou comme eux.

Il montra du doigt Paul et Elias.

— Toi et moi, nous nous ressemblons. Nous sommes les seuls à avoir connu la pauvreté.

— Je n'ai jamais...

— On n'a pas la rage que tu as, et que j'ai aussi, si on n'a pas connu la vraie misère. C'est là notre force : nous ne pensons qu'à nous. C'est le seul moyen de survivre, ici.

— C'est-ce que je pensais aussi... jusqu'à cette nuit. Et pourtant, regarde-moi : je suis quand même tombé dans le piège. Ma femme et ma fille sont en sécurité à Lausanne.

Par chance, je n'ai pas eu totalement confiance. Cette nuit, j'ai appris que, lorsqu'on cherche à ne sauver que sa propre personne, on finit par sombrer avec tous les autres.

Jacek s'allongea sur la couverture. L'épuisement lui donnait des vertiges. Le baraquement se mit à tourner autour de lui et il ferma les yeux.

Berkovitz posa ses lunettes sur le plancher et ferma les yeux à son tour.

— Regarde, murmura Jiri à Myriam.

Elle avait passé son bras sur son épaule, comme si Jiri était son enfant. Lui s'était pelotonné en position fœtale.

— Jacek et Berkovitz, qui sait ce qu'ils sont en train de tramer. Ces deux-là me font peur, avoua-t-il.

Sans ouvrir les yeux, Myriam haussa les épaules.

— Ne t'inquiète pas, le rassura-t-elle. Ils ne peuvent rien contre toi. Ils sont plus effrayés que nous.

Myriam et Jiri demeurèrent silencieux, l'un contre l'autre, à écouter leur respiration.

— Myriam ?

— Oui ?

— C'est comment, d'avoir un enfant ?

Elle entrouvrit les yeux et regarda Jiri.

— Je voudrais savoir quelles sensations on éprouve. Tu sais, j'ai toujours rêvé d'avoir un enfant. Un être humain que l'on met soi-même au monde et qui, sans nous, n'existerait pas. C'est un peu comme être Dieu, tu ne trouves pas ?

Myriam sourit, pour la première fois depuis qu'Ida avait disparu.

— Je n'avais jamais pensé à une chose pareille.

— Tu sais, j'ai toujours aimé avoir des relations avec les hommes. Depuis mon enfance. J'aimais bien regarder mes camarades de classe. Je ne sais pas pourquoi… Ma famille était normale, mais, lorsque mon père a découvert que je m'enfermais dans le grenier avec le fils des voisins du dessous, il m'a roué de coups. Pourtant, je ne l'ai pas détesté. Je comprenais pourquoi il réagissait ainsi : lui aussi m'aimait bien, et c'était sa façon de me le montrer.

Myriam resserra son étreinte.

— Avoir un enfant, c'est… une sensation très étrange. Quand Ida est née et qu'on me l'a mise dans les bras pour la première fois, c'était… bizarre. J'ai cru qu'ils s'étaient trompés, que ce bébé ne pouvait pas être sortie de moi. Je vais te confier une chose, que je n'ai jamais dite à personne, pas même à Elias. J'ai *appris* à aimer Ida. Il y a des femmes, et peut-être aussi des hommes, qui naissent parents. Pour eux, il est naturel d'avoir quelqu'un sur qui veiller. On se rend compte, tout à coup, qu'il existe une personne plus importante que soi. Tu imagines ? C'est le monde à l'envers. Soudain, cette personne prend la première place. J'ai dû apprendre, peu à peu. Et puis… elle a été toute ma vie. J'ai appris à l'aimer et je n'ai plus jamais cessé.

Myriam referma les yeux. Un frisson parcourut son corps.

— Peut-être qu'elle est vivante, dit Jiri. Elle était blonde, non ? J'ai entendu dire que souvent les SS enlèvent les enfants qui ont l'air aryen et les confient à des familles allemandes.

Myriam sourit de nouveau et passa sa main dans les cheveux épais de Jiri.

— J'ai quelques amis parmi les SS. Ce sont eux qui me l'ont dit, insista Jiri. Je suis sûr qu'Ida est dans une ferme, quelque part en Bavière. Dans le fond, c'est peut-être un bien pour elle. À la fin de la guerre, vous la…

Il ne finit pas sa phrase. Myriam posa sa main sur sa bouche.

— Ce n'est pas la peine, dit-elle. Je sais qu'Ida n'est plus là. Peu importe à qui la faute, que ce soit la mienne, celle d'Elias, d'Hitler… Elias a raison : Dieu en a voulu ainsi et nous ne pouvons rien y faire.

— Mais tu peux survivre ! Lorsque la guerre sera terminée…

Myriam l'interrompit de nouveau.

— Qu'est-ce qui se passera ? Tu crois que je vais faire un autre enfant quand la guerre sera terminée ? Rien ne serait plus horrible. Cela reviendrait à dire qu'Ida est remplaçable. Ida n'était pas une fille, elle était *ma* fille. Rien ni personne ne pourra la remplacer. Jamais. Je ne veux plus avoir d'enfants. Jamais plus.

— Moshe est toujours là…

Myriam sourit.

— Lui est gentil. Il m'a comprise, écoutée. Elias prie et étudie la Torah à longueur de journée pour comprendre la raison de ce qui est arrivé. Même s'il ne cesse de répéter que la volonté de Dieu a été accomplie, je sais que, en son for intérieur, il a conscience que c'est faux. Il ne parvient pas à se pardonner pour ce qu'il a fait. Et moi, je l'ai détesté ! J'aurais voulu le tuer. Je serais peut-être passée à l'acte, si Moshe n'avait pas été là.

— Mais tu…

— Je n'avais pas le droit, je sais. Elias est mon mari. Mais ce qu'il a commis était, de très loin, pire qu'un adultère. Je n'avais plus l'impression d'être sa femme.

Jiri se tut. Puis il releva la tête.

— Crois-tu que je pourrai avoir un enfant, un jour ?

— Bien sûr. Il faut seulement trouver la femme qui te convient.

— Penses-tu qu'ils vont me laisser faire ?

— Le monde ne sera plus celui que nous avons laissé. Il se passe beaucoup de choses à l'extérieur. La guerre va tout balayer. Le monde sera meilleur. Il n'y aura plus de triangles noirs, roses ou rouges. Il n'y aura plus de Juifs, d'Aryens ou de Nègres. Nous nous mélangerons tous dans une grande Babel, mais, cette fois, nous n'essaierons pas de construire une tour plus haute que le ciel. Nous nous limiterons à vivre en paix. Oui, Jiri, je suis sûre que tu auras un enfant et que tu pourras le voir grandir.

Ils s'embrassèrent avec la tendresse d'une mère et d'un fils. Jiri entonna, à voix basse, une berceuse de son enfance.

— *Z popielnika na Wojtusia... iskiereczka mruga...*

Il sentit le corps de Myriam se détendre.

— *Chod opowiem ci bajeczk... Bajka b dzie długa...*

Ses muscles se relâchèrent peu à peu.

Jiri continua à chanter, de plus en plus doucement. La respiration de Myriam devint plus régulière. Elle dormait.

C'est à ce moment que la porte s'ouvrit en grand et que l'*Oberscharführer* entra dans le baraquement.

— La soupe, annonça-t-il d'une voix de stentor.

2 heures

Seul dans son bureau, Breitner ne se résolvait pas à aller se coucher. Il avait la sensation de n'avoir pas fini quelque chose, mais ne parvenait pas à savoir quoi.

Son regard se posa de nouveau sur l'échiquier. Les pièces noires étaient disposées sans stratégie précise. Felix ne serait jamais un bon joueur.

La passion du jeu reprit le dessus. Le commandant passa du côté des noirs et évalua la situation. Il regarda l'échiquier comme un réseau de forces qui s'entrelacent : la protection des pièces respectives, les échappatoires, les possibilités d'attaque.

Soudain, il eut une illumination et prit une inspiration. Il vérifia la justesse de son intuition en se penchant à droite, puis à gauche, pour contrôler. Oui, c'était peut-être possible…

Breitner déplaça le cavalier blanc. Sans réfléchir, il déplaça aussitôt le fou noir. L'une après l'autre, les pièces se déplaçaient sur l'échiquier, obéissant à la géométrie rigide du jeu. Breitner était totalement pris par la partie. Il sacrifia un pion et une tour et contempla la conséquence de ses actions. Il s'efforçait de conserver une attitude équidistante. D'un côté de l'échiquier, il mettait sur pied une stratégie et, de l'autre, il essayait de se comporter comme se serait comporté n'importe quel joueur moyen. Un coup d'œil le confirma : le hasard était important, mais il pouvait tout de même arriver à ses fins. Il saisit le cavalier entre l'index et le majeur et le souleva.

Dehors, le camp, les tours, les gardes, les réflecteurs, les fours crématoires et les chambres à gaz avaient disparu. Il ne restait plus que la partie.

— Malédiction ! s'exclama l'*Oberscharführer* en entrant dans la buanderie. Le commandant a-t-il perdu la tête ? La *Wassersuppe* à une heure pareille ! On n'est pas dans un cinq-étoiles, que je sache !

Il tint la porte grande ouverte, pour laisser entrer deux *Häftlinge*, transis de froids et morts de fatigue, et qui apportèrent à l'intérieur du baraquement, accroché à un bâton reposant sur leurs épaules, un énorme *Kübel* fumant de cent litres. Il n'existait pas de marmites plus petites dans le camp.

— Nous avons dû rouvrir les cuisines pour nos hôtes…, railla le sous-officier furieux.

Les deux *Häftlinge* déposèrent leur fardeau, qui fit un bruit sourd en touchant le sol, et frottèrent leurs mains contre leur uniforme pour les réchauffer.

— *Los!* brailla l'*Oberscharführer.* Prenez vos gamelles et venez ici !

Jacek se redressa et s'assit avec effort. Lorsqu'il posa la plante de ses pieds sur le sol, une vive douleur se fit sentir : le sang circulait difficilement dans son organisme.

Il attrapa par le bras Berkovitz, qui dormait, et le secoua.

— Berkovitz… Berkovitz, viens ! La soupe est arrivée.

L'homme d'affaires écarquilla les yeux, surpris. Il ne se souvenait plus de l'endroit où il était. Quelques instants lui suffirent pour recouvrer le sens de la réalité. Il chercha ses lunettes à tâtons et les chaussa.

— Oui, j'arrive.

Jiri réveilla Myriam.

— Myriam... La soupe est arrivée...

— Hmm... Je n'en veux pas. Vas-y, toi, dit-elle, engourdie de sommeil.

— Tu dois manger, Myriam. Il ne faut pas te laisser aller. Viens, je vais t'aider.

Il parvint, avec peine, à croiser les bras de Myriam dans son dos puis la hissa jusqu'à ce qu'elle fût assise. Sa tête tombait en arrière.

— Allez, Myriam, lève-toi !

Pendant ce temps, l'*Oberscharführer* s'impatientait de la lenteur des détenus.

— Allez, sacs à merde ! *Los !*

Moshe se leva et tendit la main à Elias. Le rabbin l'attrapa, mais Moshe ne parvint pas à le tirer suffisamment fort pour qu'il se levât.

— Je n'y arrive pas, Moshe. Je suis trop fatigué.

— Il faut venir, Elias. Allez !

Otto et Paul se levèrent à leur tour.

— Alors, par qui commençons-nous ? demanda l'*Oberscharführer.*

Les prisonniers se regardèrent à la dérobée. Personne n'avait envie d'être le premier. Tous savaient que le haut de la soupe était plus liquide et que les navets et les pommes de terre – lorsqu'il y en avait – restaient au fond de la marmite.

— Par moi.

Moshe prit la gamelle que, comme tous les prisonniers, il portait accrochée à sa ceinture, de peur qu'on la lui vole, et la tendit à l'un des deux *Häftlinge* qui avaient apporté la soupe. Ce dernier le regarda avec animosité : de toute évidence, il le considérait comme le responsable de son réveil nocturne. Il plongea la louche dans le bouillon fumant et en versa plus d'un demi-litre dans la gamelle.

— Au suivant !

— À moi ! dit Otto en tendant la sienne.

Le *Häftling* versa trois ou quatre louches sans égard et éclaboussa l'uniforme d'Otto.

— Attention !

— Au suivant !

Vint le tour de Myriam. La présence d'une femme impressionna le prisonnier qui servait la soupe. Il lui servit une portion plus abondante.

— Alors, Samuel, tu veux te faire bien voir de la dame ? lui dit le SS. Ça suffit comme ça ! Dépêchez-vous, nous aimerions bien retourner nous coucher.

Jiri tendit sa gamelle et remercia le prisonnier avec une petite révérence cérémonieuse. Il savait qu'il pouvait tout se permettre : l'espace d'une nuit, ils étaient intouchables.

Puis ce fut le tour de Paul, Berkovitz et Jacek.

Une pomme de terre flottait dans la gamelle du chef de baraquement.

— Bonne pioche, hein, Jacek ? nota Moshe.

Seul Elias n'avait pas encore été servi. Il était encore assis par terre.

Moshe posa sa gamelle sur la table et essaya de le soulever. Mais lui aussi était faible. Paul vint lui prêter main-forte. Il n'eut aucune difficulté à soulever le maigre corps du rabbin.

— Allez, maudit Juif ! cria l'*Oberscharführer* qui avait perdu toute patience. Le commandant m'a ordonné de vous donner à manger et j'ai obéi. Mais si tu ne te dépêches pas un peu…

Elias, debout, chancelait. Moshe lui mit sa gamelle dans les mains et le poussa presque de force vers la marmite. Le prisonnier chargé de la distribution tenait en l'air la louche pleine, pressé de terminer sa corvée.

— *Schnell !* hurla le SS furibond.

Le prisonnier versa rapidement trois ou quatre louches dans la gamelle d'Elias. Il connaissait la fureur du sous-officier et la redoutait.

La gamelle d'Elias était pleine. Le rabbin s'apprêtait à reculer, lorsque le SS l'arrêta.

— Attends, dit-il. Ce n'est pas suffisant.

L'*Oberscharführer* saisit la louche et la plongea dans la *Wassersuppe*. Puis il la releva et s'assura qu'elle était bien pleine avant de l'avancer en direction d'Elias. Un rictus lui déformait le visage.

— Te voila servi, sale Juif, conclut-il.

Il tendit le bras et renversa le liquide bouillant sur le rabbin.

Surpris, Elias recula instinctivement en gémissement de douleur.

— Oh, quel maladroit je fais, dit-il d'une voix geignarde. Je ne suis vraiment pas doué.

Elias s'effondra sur le sol. Son uniforme était trempé du torse jusqu'aux genoux. Sa gamelle s'était renversée et le bouillon formait une grande flaque sur le plancher. Moshe se précipita pour lui venir en aide.

— Ne bouge pas, lui intima l'*Oberscharführer.*

Il s'approcha de l'homme inerte d'un pas martial et baissa les yeux vers lui.

— Rabbin ! cria-t-il, ton uniforme n'est pas conforme au règlement. Tu n'as pas honte ? Regarde comme il est dégoûtant !

Elias, hagard, avait du mal à comprendre les paroles du SS.

— Va te changer immédiatement !

Elias leva les yeux vers l'*Oberscharführer* avec une expression de désolation sur le visage. Mais le sous-officier l'ignora.

— Lève-toi, sale porc. Debout !

Au prix d'un immense effort, Elias parvint à poser un genou au sol. Il rassembla ses forces, prit appui sur sa cuisse et se redressa.

Les pupilles de l'*Oberscharführer* fixaient les siennes, à quelques centimètres de son visage.

— Tu n'as pas entendu ? Je t'ai demandé de te déshabiller ! Tu ne peux pas rester dans cet uniforme taché !

Elias le regardait, ahuri.

— Tu es bouché ? Déshabille-toi !

L'*Oberscharführer* saisit sa matraque accrochée à sa ceinture et la leva au-dessus d'Elias.

Le rabbin frissonna et défit le premier bouton de sa veste.

— *Schnell !*

La veste, trempée de soupe, collait sur son corps osseux. Il l'ôta et la lâcha sur le sol. Le tricot qu'il portait sous sa veste était crasseux.

— Ton pantalon ! *Schnell !*

Elias abaissa son pantalon, sous lequel des bandes de tissu enveloppaient son ventre et ses cuisses squelettiques.

— Dépêche-toi ! répétait le SS.

Elias déposa son pantalon sur le tas puant que formait sa veste. L'*Oberscharführer* le regardait d'un air satisfait en frappant sa paume avec sa matraque.

— Bien. Et maintenant, tâche de trouver un uniforme propre. Ce ne devrait pas être bien compliqué, dans une buanderie…

Il s'arrêta net. Quelque chose avait attiré son attention. Il tendit la main vers Elias, qui demeura immobile.

— Qu'est-ce que c'est ? demanda-t-il en indiquant un morceau de papier qui dépassait des bandages, sur son ventre.

Elias baissa les yeux avec une expression indéchiffrable sur le visage. L'*Oberscharführer* le dévisagea, l'air triomphant.

— Une photographie !

Hébété, Elias fixait l'objet le plus précieux qu'il possédait, la relique qui, jusqu'à présent, lui avait donné la force de survivre.

— Qui est-ce ? Ta petite putain ?

Elias fut parcouru d'un frisson. Il serra les poings. Moshe chercha à croiser son regard pour l'exhorter de se retenir mais le rabbin n'émit aucun son. Seuls ses yeux lançaient des éclairs.

— Tu ne sais pas que le règlement interdit catégoriquement de garder sur soi le moindre objet personnel ? Je vais devoir te punir.

Le SS ricanait. Il avait trouvé le moyen de faire payer aux prisonniers le surplus de travail qui lui avait été imposé. D'une main, il tenait la photographie, hors de portée d'Elias, de l'autre, il tapait, à un rythme régulier, sa matraque sur sa cuisse.

— La photo est confisquée, annonça-t-il en l'agitant sous le nez du rabbin.

— Je vous en prie, *Herr Oberscharführer*, murmura Elias.

— Comment ? Tu oses t'adresser à un officier sans y être autorisé ?

— *Herr Oberscharführer*, je vous en prie… C'est la seule photo que j'aie de ma fille… Elle a disparu… C'est la seule chose qui me reste d'elle…

Le SS écoutait, un sourire insolent aux lèvres. La matraque martelait toujours sa cuisse, émettant un bruit mou et indécent à chaque fois qu'elle venait frapper son pantalon.

— Je vous en prie…

Une larme glissa sur la joue creuse du rabbin.

— Je vous en prie, répétait-il.

— *Herr Oberscharführer !*

La voix de Berkovitz fit sursauter le SS qui se retourna, l'air stupéfait.

— *Herr Oberscharführer !* répéta Berkovitz en s'approchant d'un pas. Elias est très affaibli, il n'a rien avalé depuis ce matin. Soyez gentil, donnez-lui…

— Vous êtes tous devenus fous ? s'écria le SS dont le visage était passé du ricanement à la fureur en un instant. Le fait que le commandant vous protège ne vous donne pas le droit de m'adresser la parole. Compris ?

Berkovitz eut un moment d'hésitation. Il ouvrit la bouche pour répondre, mais se ravisa et recula d'un pas.

— Allons, Johann, intervint Moshe sur le ton désinvolte qui lui était habituel, ce n'est pas la peine de jouer le méchant. Toi aussi tu sais pourquoi nous sommes ici.

Le SS se tourna vers lui.

— Je ne sais rien. Je ne fais qu'obéir aux ordres.

— Allons… C'est la dernière nuit, pour l'un d'entre nous. Ferme un œil…

D'un geste de prestidigitateur, il sortit deux cigarettes de sous sa veste et les lui tendit. L'*Oberscharführer* glissa sa matraque sous son aisselle et prit les cigarettes. Il les scruta, admiratif.

— Des Ibar... Ce sont d'excellentes cigarettes. Comment les as-tu obtenues ?

— Je les ai commandées au bureau de tabac du coin, ils sont ouverts toute la nuit.

Il pouffa de rire. Puis, de la même mystérieuse cachette, il sortit un briquet en métal.

— Je t'en prie, dit-il en le tendant au SS.

Ce dernier fourra l'une des cigarettes dans sa poche et mit l'autre à sa bouche. Puis il attrapa le briquet de sa main libre et l'alluma.

— Très beau, dit-il d'une voix admirative. Maudit sois-tu, Moshe... Tu sais comment rester en vie, n'est-ce pas ?

Il scruta la flamme et approcha le briquet du bout de sa cigarette. De son autre main, il tenait toujours la photographie.

Elias avait les yeux rivés sur sa relique.

Schmidt tira quelques bouffées sur sa cigarette, tout en gardant le briquet.

— Magnifique, soupira-t-il.

Puis il reprit son allure martiale.

— Vous pouvez poursuivre votre réunion. Appelez-moi quand vous aurez pris votre décision. Avant 6 heures.

Il pivota sur ses talons.

— Johann...

L'*Oberscharführer* tourna à peine la tête.

— Oui, Moshe ? Tu voulais me dire quelque chose ?

— La photo..., dit Moshe en la désignant d'un mouvement de tête.

— Le commandant m'a dit de lui relater tout ce qui se passait à l'intérieur de ce baraquement. La photo est confisquée.

À ces mots, le visage d'Elias se décomposa.

— Ida !! hurla le rabbin en s'élançant pour attraper la photographie.

Mais le sous-officier avait senti, peut-être même anticipé, le mouvement d'Elias dans son dos et l'esquiva sans difficulté. Elias, poussé par son élan, manqua son but. Le SS laissa tomber le briquet, saisit sa matraque et frappa violemment le dos du rabbin. Ce dernier, qui n'eut pas le temps de se protéger, émit un cri de douleur et s'écroula sur le plancher. L'*Oberscharführer* se jeta sur lui et se mit à lui assener des coups de poing sur le dos et sur les côtes. Chacun des gémissements de douleur du rabbin faisait redoubler la fureur du SS qui commença à le frapper à la tête.

— *Arschloch !* Comment oses-tu agresser un Allemand ! Je vais te montrer, moi…

Les coups provoquaient un bruit mou de chair broyée. Un filet de sang s'écoula de l'oreille d'Elias sur le sol. Le rabbin ne bougeait plus. Son corps n'était plus qu'un ballot inerte.

Aucun des sept autres prisonniers n'eut le courage d'intervenir. Ils suivaient en silence le massacre qui se déroulait sous leurs yeux.

— Ça suffit, Johann, ça suffit…, finit par dire Moshe à voix basse.

Les deux *Häftlinge* qui avaient apporté la soupe étaient eux-mêmes pétrifiés par l'horreur de la scène.

La fureur du SS s'évanouit aussi vite qu'elle s'était manifestée. Il s'arrêta d'un coup, suant et haletant. Il arrangea son uniforme sur son ventre et s'éloigna d'un pas. S'apercevant que sa matraque était ensanglantée, il se pencha et la nettoya avec un coin, resté sec, de l'uniforme qu'Elias avait abandonné sur le plancher.

Le SS contemplait le corps inanimé du rabbin.

— Je serai dans l'obligation de faire un rapport au commandant, dit-il pour lui-même. Il ne va pas être content.

Puis il s'éloigna et, suivi des deux vivandiers, claqua la porte derrière lui.

— Allez, aidez-moi, dit Moshe. Mettons-le sur une couverture.

Moshe, Berkovitz ; Jiri et Paul soulevèrent avec précaution le corps d'Elias. Le rabbin avait une fracture au crâne et la moitié de son visage était tuméfiée, mais il respirait encore.

— Attention ! prévint Moshe tandis qu'ils le déposaient sur un tas de couvertures, dans la partie la plus sombre de la buanderie.

Myriam se pencha sur son mari et lui caressa le torse. Puis elle se retourna, les yeux ardents.

— Éloignez-vous !

— Myriam..., tenta Moshe.

— Partez ! hurla-t-elle.

Puis elle se pencha sur lui et le prit dans ses bras. Le sang de son mari tacha son uniforme.

— Elias...

Le rabbin ne répondit pas.

Le commandant était absorbé par sa partie d'échecs lorsqu'on frappa à la porte de la mansarde. Il leva les yeux sur la pendule en or gravé qui provenait, comme tout le mobilier, du *Kanada*. Quel Juif avait été assez fou pour traîner un tel objet jusque dans le train ? On frappa de nouveau et Breitner s'en irrita. Qui diable...

Il se leva, agacé, et se dirigea vers la porte, derrière laquelle se tenait l'*Oberscharführer.*

— *Herr* Schmidt, vous voilà ! Ils ont enfin pris leur décision !

— Non, *Herr Kommandant.*

— Est-il arrivé quelque chose ?

— Un prisonnier a tenté de m'agresser. J'ai été contraint de me défendre.

— Il est mort ?

— Je ne crois pas. Mais il est grièvement blessé. Dois-je le transférer au *Ka-Be* ?

— Non. Laissez-le où il est. Ses compagnons s'occuperont de lui. De qui s'agit-il ? Ce ne serait pas le rabbin, par hasard ?

L'adjudant ne put retenir son étonnement.

— Si, *Herr Kommandant*, c'est bien lui.

— Ce n'est qu'un autre pion…, soupira Breitner avec mépris.

— Comment, *Herr Offiziell* ?

— Rien. Que s'est-il passé précisément ?

— Le prisonnier cachait une photographie sous son uniforme.

Les yeux du commandant se mirent soudain à briller.

— Une photographie ? Quel genre de photographie ?

— Une petite fille. Tenez.

Le sous-officier sortit la photo de sa poche et la tendit au commandant, qui la prit d'un geste las. Mais, en se penchant sur l'image, il blêmit.

— C'est cette photo ? Vous en êtes sûr ?

— Il la dissimulait sous ses vêtements, répéta le sous-officier, qui n'avait jamais vu le commandant perdre le contrôle de sa personne.

Breitner continua à scruter la photographie, comme si plus rien d'autre n'existait autour de lui. Face à lui, l'adjudant plastronna pendant une longue minute, puis toussa pour attirer son attention.

— Oui ? dit le commandant en levant à peine les yeux.

— *Herr Kommandant*, vous avez un autre ordre à me donner ?

— Non, *Herr Oberscharführer*. Vous pouvez disposer. Avertissez-moi s'il se passe quoi que ce soit.

L'adjudant disparut en claquant les talons.

Breitner se dirigea vers son bureau. Une fois assis, il ouvrit un tiroir et, d'une pile de documents, sortit un dossier à la couverture marron.

Il feuilleta les rapports tapés en double exemplaire à la machine. Les « o » avaient troué le papier vélin. Puis il trouva ce qu'il cherchait.

Une photo.

Une petite fille.

Breitner prit la photographie que lui avait apportée le maréchal et la posa à côté de l'autre. Il les observa longuement en en comparant les moindres détails.

Les cheveux blonds, les tresses, les yeux bleus, le sourire.

Cela ne faisait aucun doute, il s'agissait bien de la même personne.

Le commandant ne put s'empêcher de sourire.

Il rangea les photos dans le dossier, qu'il reposa dans le tiroir. Il était amusé. Le destin finissait toujours par nous surprendre.

Tout en réfléchissant à cet incroyable enchaînement de circonstances, il revint s'asseoir devant son échiquier.

3 heures

— Alors, qu'est-ce qu'on fait ?

Jacek, remonté par la soupe chaude, faisait les cent pas dans la zone éclairée du baraquement.

— Il ne nous reste pas beaucoup de temps. Quelques heures, au maximum. Nous devons nous décider.

Les autres – Jiri, Moshe, Berkovitz, Paul et Otto – évitèrent son regard.

— Alors, reprit-il. Qu'est-ce que vous dites ? Toi, Otto ?

Le politicien détourna la tête. Jacek s'approcha de lui.

— Otto ! s'écria-t-il en l'attrapant par le bras pour l'obliger à se retourner. Otto ! Ce n'est pas toi qui voulais qu'on en finisse le plus vite possible ? N'avais-tu pas hâte de mettre en place ton plan d'évasion ?

Otto secoua la tête.

— Laisse-moi tranquille.

Mais Jacek était agité par une frénésie lucide.

— Maintenant, nous avons la possibilité de choisir. Elias est là, à moitié mort. Il ne s'en sortira certainement pas. Il faut nous dépêcher, avant que…

Il ne finit pas sa phrase. Otto se retourna et lui assena une gifle qui le fit tomber à la renverse.

— Tais-toi !

Jacek, sur le dos, recula en rampant. Il frotta sa joue, à l'endroit où Alexey l'avait déjà frappé.

— Vous êtes fous ! siffla-t-il en s'éloignant. Nous risquons de nous faire tous tuer.

Sous l'étendoir, Myriam s'occupait de son mari comme elle le pouvait. Elias était étendu par terre. Son sang imprégnait la couverture. Son visage avait une expression asymétrique, déformé par les coups qui lui avaient défoncé le côté droit du crâne. Son œil pendait de son orbite, maintenu seulement par le nerf optique. Le rabbin râlait dans son agonie, on entendait sa terrible respiration traînante. Ses poumons ne voulaient pas s'arrêter et continuaient à insuffler de l'air dans son corps moribond. Myriam lui passait sur le front un petit bout de tissu imprégné de quelques gouttes récupérées au robinet de la *Wäscherei**.

Otto traversa le rideau d'uniformes étendus et s'approcha d'eux.

— Qu'est-ce que tu veux ? demanda Myriam sans se retourner.

— J'ai étudié la médecine, répondit-il, je peux l'aider.

Il s'assit à côté d'elle et palpa le cou d'Elias.

— Son pouls est faible.

Les yeux du rabbin étaient voilés. Un frisson secouait son corps, à intervalles réguliers, et lui arrachait un faible gémissement.

— Il souffre, constata Myriam, désolée.

— Attends, j'ai quelque chose pour lui.

Otto sortit de son uniforme une pochette rudimentaire en toile et l'ouvrit, dévoilant une seringue dotée d'une minuscule aiguille. Jacek et Moshe s'étaient approchés et se tenaient debout, derrière eux.

— Qu'est-ce que c'est ? demanda Myriam.

— De la morphine. Nous avons réussi à l'*organiser* au *Revier*, en vue de notre évasion. Au cas où les choses tourneraient mal.

— Comment l'as-tu obtenue ? demanda Jacek, les yeux brillants. Même les soldats du front n'en ont pas !

— Nous l'avons pris au *Revier*, je te dis.

— Regardez ! cria Jacek en s'adressant aux autres prisonniers. Il a de la morphine ! C'est un espion ! En voilà la preuve ! Ce sont eux qui la lui ont donnée, au cas où il lui serait arrivé quelque chose à l'intérieur du baraquement !

— Arrête, Jacek ! lui intima Moshe.

Le chef de baraquement se tut, le visage congestionné par la peur et la colère.

Otto prit la seringue et introduisit l'aiguille dans le bras d'Elias. En quelques minutes, les tremblements de son corps cessèrent et sa respiration se fit plus régulière.

Otto prit de nouveau son pouls.

— Il ne souffre plus. Du moins, je l'espère.

— Mais toi, comment vas-tu faire, maintenant ? Pour ton évasion..., dit Myriam, le regard plein de reconnaissance.

Otto haussa les épaules.

— Ce n'était pas indispensable. Je n'ai pas réussi à aider mon père, ni mon frère, mais j'aurais au moins fait quelque chose pour Elias. De toute façon, l'évasion est tombée à l'eau.

— Ce n'est pas vrai, dit Moshe. Tu as encore le temps.

Otto pouffa.

— Comment serait-ce possible ? Nous sommes enfermés dans cette buanderie depuis hier après-midi. Dans moins de trois heures, à la sortie des *Arbeitskommandos*, mes camarades passeront à l'action, avec ou sans moi. L'aube approche, et je suis encore ici. Je n'y arriverai pas.

Jacek l'interrompit en s'adressant au groupe.

— Vous avez entendu ? C'est un espion. Il a commencé par nous dire qu'il avait un plan d'évasion, et maintenant qu'il est tombé à l'eau. C'est une manœuvre.

— Ça suffit, Jacek, intervint Jiri. Tu l'as déjà dit. Passe à la réplique suivante, je t'en prie.

— Mon évasion n'est pas une invention, dit Otto d'un ton dur. Et je vais vous le prouver.

Il se tourna vers Jacek.

— Tu te tairas, n'est-ce pas ? Sans quoi les camarades t'étriperont. Toi aussi, Paul ?

L'Allemand afficha un sourire ironique.

— Tu n'as pas confiance en moi ?

— Considère qu'il s'agit d'un conseil de famille, dit Moshe. Je suis sûr que, quand tu étais petit, dans ton château de Bavière, on t'envoyait te coucher quand les adultes devaient parler entre eux.

— Comme vous voulez. Je vais me mettre là, au fond. Appelez-moi quand vous en aurez fini avec vos secrets.

Il jeta un coup d'œil à Myriam en passant. Elias était encore inconscient.

Puis il disparut dans la pénombre, au-delà des uniformes étendus qui divisaient la pièce en deux parties.

Otto attendit en silence que Paul se fût éloigné et baissa la voix. À l'exception de Myriam et d'Elias, les prisonniers étaient regroupés autour de la table. La faible lumière de la lampe les éclairait d'en haut et projetait des ombres spectrales sur leurs visages.

— Vous savez que, depuis quelques semaines, les SS ont commencé la construction d'un nouveau secteur, en dehors de l'enceinte du camp, qu'ils appellent *Mexico*. Les

Arbeitskommandos ont déjà déchargé des tonnes de bois arrivées par train.

— C'est vrai, confirma Jiri. J'ai vu d'énormes tas de bois.

— C'est là que nous devrons nous cacher.

— Dans les tas de bois ?

— Nous avons réussi à intégrer les *Arbeitskommandos* qui travaillent là-bas. Il ne sera pas difficile de disparaître au milieu des centaines de *Häftlinge* désignés pour la construction du site. En allant aux toilettes ou en allant chercher la soupe. Je devrais me cacher là-bas avec deux de mes camarades.

— L'alerte dure trois jours, tu le sais.

— Nous resterons là-bas pendant ces trois jours.

— Ils vous trouveront. Avec les chiens.

— Nous y avons pensé. Du tabac imprégné de pétrole : voilà la formule magique. Le plus fin limier est incapable de retrouver les traces de quelqu'un dont les vêtements sont imprégnés de tabac et de pétrole.

— Et au bout des trois jours ?

— Comme vous le savez, l'alarme de l'enceinte extérieure est désactivée et tout redevient normal. La recherche des évadés ne revient plus aux autorités du camp. Nous nous retrouverions à l'extérieur et pourrions rejoindre nos camarades polonais de l'*AK*.

Le silence retomba dans le baraquement. Chacun soupesait les paroles d'Otto.

— C'est un piège, dit Jacek. Vous ne comprenez pas ? Il veut nous …

— Ça suffit ! le coupa Moshe.

Il scruta lentement le visage de tous les prisonniers autour de la table. Bien qu'il fût de petite taille, on aurait dit qu'il les regardait de haut.

— Moi, je le crois, ajouta-t-il.

— Toi, Moshe ? s'étonna Berkovitz. Toi qui te méfies de tout le monde ? Il n'y a pas si longtemps, tu étais convaincu qu'Otto était un espion.

Moshe secoua la tête.

— Vous avez raison. Il n'y a pas si longtemps, je pensais qu'il était envoyé ici par le commandant. Mais j'ai changé d'avis. J'ignore pourquoi. Peut-être parce que tu nous as raconté tout cela, peut-être à cause de la morphine... En tout cas, je sais que ce qu'il nous a dit est vrai.

— Et quand bien même ! s'écria Berkovitz. En quoi le Parti t'importe-t-il ? Cela ne te regarde pas !

— Je me fiche complètement du Parti. Mais j'aimerais bien montrer aux Schleus que nous sommes capables de les berner, eux et leur organisation parfaite. Au moins, je mourrais heureux. Nous devons aider Otto.

— Aider Otto ! s'exclama Jiri. Et comment pourrions-nous ?

— Je ne sais pas. Mais nous devons au moins essayer. Le commandant...

— Le commandant nous fera fusiller, si on ne lui a pas donné un nom d'ici trois heures, le coupa Jacek.

— Le commandant nous fera fusiller quoi qu'il arrive, poursuivit Moshe sans lui prêter attention. Avez-vous oublié ce qu'on dit aux gens qui arrivent ici ? Une douche, pour vous désinfecter, après quoi on vous donnera du lait, du beurre, du pain... Une douche ! Les SS mentent en permanence. Pour l'instant, Breitner s'amuse, mais quand il en aura assez, il nous enverra tous au *Krematorium*, soyez-en certains. C'est pour cette raison que nous devons aider Otto à fuir.

— Mais si..., tenta d'objecter Jacek.

— Les hommes, en fuyant la mort, la suivent, cita Jiri. Et le plus beau, c'est que nous sommes déjà morts.

— C'est vrai, acquiesça Berkovitz. Jiri a raison, nous sommes déjà morts. Que ce soit demain, à l'aube, après-demain ou dans un mois, nous n'échapperons pas à notre destin. C'est ce qui nous rend si forts. Personne ne peut rien y faire.

— Écoutez, dit Moshe. Je viens de comprendre pourquoi le commandant nous a choisis pour nous enfermer ici.

— Pour nous tuer, non ? demanda Jacek.

— Aussi, mais pas seulement. Nous sommes comme les tesselles d'une mosaïque. Chacun de nous est un morceau minuscule, insignifiant, d'un ensemble bien plus important. C'est la raison pour laquelle je pensais, au début, que nous étions impuissants. Mais...

Son visage devint sérieux.

— Mais en regardant l'*Oberscharführer* frapper Elias, j'ai compris. Nous sommes tous des fragments insignifiants d'un ensemble beaucoup plus grand que nous, mais si nous nous associons, si nous nous emboîtons les uns avec les autres, alors, une partie de cet ensemble prendra tout son sens. Pris un par un, nous ne valons rien. Pourquoi nous retrouvons-nous ici ? Parce que chacun d'entre nous n'a toujours pensé qu'à lui. Toi, Berkovitz, tu étais obsédé par l'argent. Elias, le pauvre, ne pensait qu'à la religion. Jiri au théâtre et aux hommes. Moi aussi, je ne vivais que pour mes affaires. Même Myriam, qui est la meilleure d'entre nous, ne pensait qu'à sa famille. Nous n'avons pas été capables de regarder ce qui se passait autour de nous. Nous avons pensé que la politique était une chose sale dans laquelle il ne fallait pas s'immiscer. Mais il arrive un moment où l'on est obligé de s'y intéresser.

Berkovitz prit les petits morceaux de papier qui avaient servi au premier vote, les souleva à la hauteur de son visage et les laissa tomber. Ils retombèrent lentement sur le sol. Ses yeux brillaient derrière les verres rayés de ses lunettes.

— Les pièces d'un puzzle…

— Si nous nous associons, poursuivit Moshe, le résultat sera plus grand que la somme de toutes nos actions individuelles, et nous pourrons vraiment agir. Faire quelque chose d'insignifiant ou, au contraire, d'important.

La buanderie était silencieuse. Même Myriam tendait l'oreille pour écouter.

— Moshe a raison, finit par reconnaître Berkovitz.

— C'est toi qui dis cela, Berkovitz ! s'écria Jacek. Toi qui ne t'intéresses qu'à ton argent !

— J'ai l'habitude d'affronter la réalité, même quand elle est difficile. Je sais déceler quand une entreprise est vouée à la faillite. Je suis trop vieux pour survivre au camp. Mais, avant de partir, je peux encore agir. Je suis avec toi, Moshe. Je ferai mon possible pour t'aider.

Le financier ouvrit la bouche en grand et approcha son index de ses dents.

— Là, dans cette molaire, j'ai caché un diamant. Les SS et le médecin du camp ne l'ont pas vu parce que je l'ai enveloppé dans une capsule de porcelaine parfaite. J'ai fait appel au meilleur dentiste de Londres. En réalité, je n'ai jamais nourri une confiance absolue en Hitler. Ce diamant ne me sera d'aucune utilité dans ce camp. Et si quelqu'un prenait connaissance de son existence, il chercherait à m'éliminer pour s'en emparer. Mais, dehors, on peut le vendre. Il te faudra de l'argent après ton évasion. Il est juste que tu prennes le diamant, Otto.

Le communiste tituba.

— Je…

— Prends-le. Au moins, il sera utile. Au lieu de se retrouver monté sur une bague à exhiber dans les soirées, ce diamant sauvera des vies. Il faut simplement l'extraire de ma dent.

— Qu'a dit le dentiste ?

— Ce ne devrait pas être compliqué. Il faut donner un coup sec et faire levier.

— Ce sera douloureux.

— Pas trop. C'est du moins ce qu'a assuré le dentiste. De toute façon, peu importe. Dépêchons-nous.

— Otto jeta un coup d'œil circulaire dans la pièce, en quête d'un outil adapté.

— Le couteau, suggéra Moshe.

— Oui, le couteau d'Alexey. Où est-il passé ?

Ils récupérèrent le couteau sous le tas de couvertures où il avait glissé pendant la bagarre.

— Il vaudrait mieux le désinfecter, dit Otto en l'empoignant.

— Comment ? demanda Moshe.

— Avec une flamme. Prends le briquet.

Moshe ramassa le briquet que le SS avait laissé tomber.

Ils passèrent la lame au-dessus du feu, de chaque côté. Le métal brunit.

Berkovitz s'assit sur une chaise, les jambes écartées et passa ses bras derrière le dossier.

— Il faut que quelqu'un me tienne, dit-il.

Moshe se plaça derrière lui, prit sa tête entre ses mains et lui bloqua la mâchoire. Jiri le tint par les poignets pour l'empêcher de bouger.

— Je suis prêt, annonça Berkovitz.

Otto s'approcha et se pencha pour scruter sa dentition.

— De quelle dent s'agit-il ?

— La seconde molaire, à gauche. Fais vite.

Otto introduisit la lame du couteau dans la bouche de Berkovitz et la plaqua contre sa gencive.

— Celle-là ?

— Han han…, dit le financier, dont Moshe tenait la bouche écartée.

— Ce ne sera pas long, dit Otto.

Il tourna son poignet pour faire levier sur l'os de la mandibule et appuya de toutes ses forces. Des gouttes de sueur perlèrent sur son front.

Berkovitz gémit de douleur.

— Une seconde…

Otto continua à appuyer et sentit la dent céder. La lame glissa sur le côté. Si Otto n'avait pas retenu le couteau, elle se serait sans doute fichée dans le palais du financier. Ce dernier se pencha en avant et cracha un jet de sang. Tous les regards convergèrent vers le sol. Au milieu de la tache rouge brillait la lumière pure du diamant encastré dans la porcelaine.

— Le voilà, dit Berkovitz.

Il ramassa la pierre entre son pouce et son index et la frotta sur sa veste, avant de la présenter aux autres.

— Magnifique, dit Jiri, admiratif.

Il s'approcha de Berkovitz, prit le diamant et l'approcha du lobe de son oreille.

— Comment me trouvez-vous, les filles ? demanda-t-il, le sourire aux lèvres.

— Il m'a coûté une fortune. Jamais je n'aurais imaginé que je l'utiliserais de cette façon, dit Berkovitz après avoir craché encore un peu de sang.

— Et maintenant ? Comment allons-nous sortir ? demanda Otto.

— J'ai mon idée, répondit Moshe. Nous…

Mais Paul apparut derrière le rideau de vêtements.

— Le conseil de famille est terminé ?

— Viens.

L'Allemand approcha avec un air circonspect.

— Voyez donc ces visages inquiets... J'ai comme l'impression que vous ne vous êtes pas contentés d'échanger les derniers ragots du camp, dit-il en effectuant le tour de la table.

Il les regarda un par un dans les yeux.

— Qu'est-ce que vous faisiez, tous autour de Berkovitz ?

— Un détartrage, répondit Moshe. Il en avait grandement besoin.

— Vous les Juifs, vous êtes capables de toutes les roueries. Dans les dents, on peut cacher des choses. Des choses petites, mais précieuses.

Les autres demeurèrent silencieux.

— C'est bien ça, n'est-ce pas ? J'ai raison ?

— Que t'importe ? Entre les murs de ce baraquement, tu es logé à la même enseigne que nous.

— Vous avez échafaudé un plan. Cette nuit vous a transformés. Vous n'êtes plus ces petits Juifs ridicules qui tremblaient au moindre danger...

— Non, dit Moshe. Nous ne sommes plus ces Juifs-là.

Il se leva.

— Vous savez ce que je pense ? Je pense que vous êtes en train de préparer une évasion. Un petit plan d'évasion pathétique. C'est votre *beau geste*[1], c'est ça ? Vous savez très bien que vous ne sortirez pas vivants du camp...

— Oui, on nous l'a dit, répondit Moshe en s'approchant de lui.

— Et comment pensez-vous agir ? Comment allez-vous faire pour franchir les barbelés électrifiés, les miradors,

1. En français dans le texte. *(N.d.T.)*

les gardes, les chiens ? Vous n'avez toujours pas compris que c'était impossible ?

Tout en parlant, il s'approchait imperceptiblement de la porte. Moshe, à quelques mètres de lui, le suivait. Chacun observait l'autre avec méfiance. Ils progressaient à petits pas, comme des danseurs qui attendent un geste précis des autres pour entrer dans la danse.

— C'est vrai, tu as raison, c'est impossible, répondit Moshe. Il n'y a vraiment rien à craindre de la part d'un petit groupe de Juifs, tous aussi lâches les uns que les autres.

Tout à coup, Paul s'élança vers la porte. Mais il eut à peine le temps de poser la main sur la poignée que Moshe lui sauta dessus.

— Arrête ! cria-t-il.

Paul lui donna un coup de coude dans le ventre, qui le fit s'écrouler. Otto et Berkovitz bondirent à leur tour et essayèrent d'immobiliser les bras et les jambes de l'Allemand, mais ce dernier se débattait comme un forcené.

Jiri, adossé au mur, était paralysé de terreur. Il suivait la scène sans trouver le courage d'intervenir. Jacek, lui aussi, demeurait immobile et observait la rixe en silence.

— *Oberscharführer !* hurla Paul en repoussant l'assaut. *Oberscharführer !* Les prisonniers ont l'intention de...

— Tais-toi, nazi ! dit Berkovitz à mi-voix tout en plaquant sa main sur la bouche de Paul.

Mais celui-ci planta ses dents dans sa chair et Berkovitz s'écroula à son tour en tenant sa main blessée. Otto tenait les jambes de l'officier, mais ce dernier parvint à se libérer et lui assena un coup de poing en pleine figure, qui le laissa étourdi.

Promptement, Paul ramassa le couteau qui avait servi à extraire le diamant de la bouche de Berkovitz et s'élança vers Otto. Le *triangle rouge* bloqua son poignet, mais le nazi était plus robuste. Millimètre par millimètre, la lame se rapprochait du cou d'Otto.

— Jiri ! cria-t-il.

Mais Jiri était pétrifié, incapable de la moindre action.

Berkovitz chercha à se relever. Sans même le regarder, Paul lui envoya un coup de pied dans le bas-ventre. Le financier s'affaissa sur le plancher en gémissant. Puis l'officier nazi se concentra de nouveau sur son arme. Il était sur le point de trancher la gorge d'Otto.

— Jiri, implora le communiste d'une voix rendue rauque par ses efforts pour résister à Paul.

Le visage tendu, le *triangle rose* s'élança vers les deux hommes. C'était la première fois de sa vie qu'il se mêlait à une rixe. Enfant déjà, il avait toujours évité les bagarres. Sans trop savoir comment s'y prendre, il attrapa le bras de Paul pour arrêter le couteau. Le bras, dévié de sa trajectoire, glissa sur le côté. La lame s'enfonça dans le corps de l'acteur. Paul ne lâcha pas son arme. D'un mouvement sec, il retira la lame et se leva. Otto s'esquiva.

Jiri regarda son ventre, comme pour s'assurer que Paul l'avait vraiment blessé. Puis le sang se mit à jaillir et il poussa un cri, de peur plus que de douleur. Il tomba à genoux en se tenant le ventre, hurlant et gémissant comme un enfant.

— Maman… Ça fait mal… Aidez-moi… Aidez-moi, je vous en supplie…

— Stupides Juifs ! s'exclama Paul, qui brandissait le couteau. Vous étiez vraiment persuadés que j'allais vous laisser vous enfuir ? Même si je suis prisonnier, je reste un soldat du Reich…

Mais sa phrase mourut sur ses lèvres. On entendit un bruit sourd, dont l'écho résonna dans tout le baraquement. Paul ferma les yeux, puis tomba tout à coup, évanoui.

Derrière lui se tenait Myriam, haletante. Elle portait la chaise avec laquelle elle venait d'assommer l'officier nazi et dont l'une des jambes s'était rompue sous le choc.

— Myriam…, murmura Moshe.

Mais elle ne l'entendait pas. Elle serrait la chaise entre ses mains, comme si elle s'apprêtait à frapper une nouvelle fois. Elle haletait, les yeux hagards.

Moshe s'agenouilla auprès de l'Allemand, allongé sur le ventre. Il gémissait et remuait doucement les membres, comme pour se relever. Ses yeux étaient à moitié clos.

— Il a perdu connaissance, constata Moshe. Mais il risque de se ressaisir d'ici peu. Qu'est-ce qu'on fait ?

Berkovitz le regardait, interdit. Jiri râlait en se roulant sur le sol, les mains plaquées sur sa blessure. Jacek, quant à lui, n'avait toujours pas changé de place.

Otto regarda autour de lui. Il repéra le couteau et alla le ramasser. Puis il se retourna vers ses compagnons. Le couteau d'Alexey était couvert du sang de Jiri et glissait sous ses doigts.

— Pousse-toi, ordonna-t-il à Moshe, qui s'exécuta.

Le couteau brandi, Otto se pencha sur l'officier inanimé et, dans un effort, le retourna.

Jacek réagit enfin et le rejoignit.

— Qu'y a-t-il, Jacek ? Tu veux prendre la défense de ton patron ?

Les deux hommes s'affrontèrent en silence pendant quelques secondes, puis le kapo revint sur ses pas.

Otto serra le manche du couteau et, sans atermoiement, trancha la gorge de Paul. Du sang gicla sur son uniforme. Hauser écarquilla brusquement les yeux, dans un ultime sursaut vital. Il le fixa quelques instants, surpris, presque peiné. Puis son regard se troubla et ses paupières retombèrent. Le flot de sang faiblit et commença à s'écouler sur le col en fourrure de son blouson de cuir. Le corps du SS se contracta, dans les convulsions de l'agonie, jusqu'à ce qu'il cesse de vivre.

Moshe recula, horrifié.

— Otto…

Le *triangle rouge* se retourna, le couteau ensanglanté à la main.

— Tu aurais préféré que je le laisse en vie et qu'il donne l'alerte ? N'est-ce pas votre Dieu qui a dit « œil pour œil, dent pour dent » ?

Moshe détourna le regard du cadavre, autour duquel s'étalait une mare de sang, et se précipita au secours de Jiri qui gémissait sur le sol, en se tenant le ventre. Les mains couvertes de sang, il s'agrippa à la veste de Moshe.

— Je vais mourir, n'est-ce pas ? Ahhh… J'ai mal… Aidez-moi, je vous en prie, dit-il en sanglotant.

— Viens, on va t'installer là-bas, sur les couvertures.

Jiri opina, mais lorsque Otto, Moshe et Berkovitz tentèrent de le soulever, il poussa un hurlement de douleur.

— Arrêtez ! les implora-t-il. Laissez-moi ici.

Les trois hommes le déposèrent délicatement sur le plancher. Myriam alla chercher une couverture, qu'elle roula et glissa sous sa tête.

Otto s'agenouilla près de lui.

— Laisse-moi jeter un coup d'œil.

Mais Jiri continuait de se tenir le ventre.

— Laisse-moi regarder, je te dis ! répéta Otto d'un ton brusque.

— Jure-moi que tu ne me feras pas mal… J'ai si mal… Aidez-moi…

— Comment puis-je t'aider si tu ne me laisse pas jeter un coup d'œil ?

Jiri céda et écarta les bras. Il ferma les yeux, le visage grimaçant de douleur.

Otto déchira son uniforme pour découvrir la blessure.

— Donnez-moi la chemise ou le pantalon de Paul, ordonna-t-il.

Moshe et Myriam se dirigèrent vers le cadavre de l'Allemand. Tandis qu'il soulevait ses jambes, elle fit glisser son pantalon jusqu'aux pieds.

Otto réduisit le vêtement en longues bandes de tissu avec lesquelles il tamponna la plaie de Jiri, qui se contorsionnait en geignant.

— Voilà, je commence à voir quelque chose..., dit-il en scrutant la plaie. Par chance, le foie n'est pas touché. Ni le rein. Ce ne devrait pas être bien grave...

Jiri écarquilla les yeux.

— Tu dis cela pour me consoler. Mais je sais bien que je vais mourir. Mes amis, ne me laissez pas seul..., déclama-t-il sur un ton théâtral.

— Arrête, Jiri. Tu ne mourras pas. En tout cas, pas aujourd'hui. C'est une blessure superficielle. Il n'a touché que la peau et un peu de muscle. C'est douloureux, mais pas grave.

Jiri se remit à sangloter, sans que ses compagnons comprennent si c'était de soulagement ou de douleur. Puis il se mit à fredonner une litanie incompréhensible qui pouvait être aussi bien une pièce de théâtre qu'une prière en yiddish.

Moshe jeta un coup d'œil désolé autour de lui. Il ne restait plus que Myriam, Otto, Berkovitz et Jacek. Elias agonisait et Jiri était blessé.

— Je suis fatigué, dit-il en se laissant glisser sur le sol. Terriblement fatigué.

L'enthousiasme des minutes précédentes les avait abandonnés. Moshe avait du mal à se souvenir de la façon dont tout avait commencé et se demandait s'ils avaient réellement eu l'intention de se rebeller. L'idée d'une évasion lui semblait être à présent une illusion pitoyable. La seule vérité était qu'ils ne sortiraient jamais vivants de ce baraquement.

— L'aube approche, annonça-t-il. Au rythme où vont les choses, ils n'auront même pas besoin de fusiller qui que ce soit.

4 heures

L'*Oberscharführer* Johann Schmidt s'étendit tout habillé sur le lit de camp de son minuscule bureau, composé d'une chaise, d'un bureau, d'un téléphone et d'un petit fichier métallique. Il soupira. Il ne pouvait pas se déshabiller. Les ordres du *Sturmbannführer* étaient stricts : il ne pouvait quitter son service tant que les prisonniers du bloc 11 n'avaient pas rendu leur verdict. Seul dans la pénombre, il souffla.

Ayant grandi à la campagne, il était habitué à se lever tôt pour traire les vaches et s'occuper des champs. Il aimait les choses simples. Le *Reichsführer* avait ordonné que les Juifs soient exterminés. Il obéissait. C'était un travail comme un autre. Certes, il se révélait particulièrement dur à certains moments. Lorsqu'on ouvrait les portes des douches, le spectacle était répugnant. Avant de mourir dans les hurlements, les prisonniers vomissaient, déféquaient, frappaient les murs et les portes avec leurs poings, parfois pendant dix minutes, ou tentaient de grimper les uns sur les autres pour trouver l'oxygène qui restait en hauteur. Une fois, l'*Oberscharführer* avait trouvé le cadavre d'un homme qui avait enfoncé deux doigts entiers dans l'œil d'un autre prisonnier. Il avait vomi. Mais le *Reichsführer* avait expliqué qu'il s'agissait là d'une douloureuse nécessité, et lui n'y pouvait rien.

En revanche, il ne parvenait pas à comprendre les manœuvres tordues du commandant. Les dix prisonniers auraient dû être fusillés depuis le début, un point c'est tout. Les tentatives d'évasion devaient être réprimées de la manière la plus drastique possible. Le camp était trop grand pour que quelques centaines de SS puissent tout contrôler en permanence.

Malgré cela, Breitner ne cessait d'inventer des jeux vicieux. Même sur la rampe, à l'occasion. Il l'avait vu parfois accueillir avec un large sourire les Juifs qui descendaient du train et même s'excuser pour la brutalité de ses hommes. Puis il les conduisait avec la même courtoisie vers les fours crématoires. Tout en les dévisageant, comme s'il cherchait quelque chose. Parfois, il séparait un petit garçon ou une petite fille de ses parents. Sous le prétexte de les faire vacciner ou de les envoyer au *Kinderheim**, il les emmenait avec lui. Le père et la mère de l'enfant ne protestaient même pas, certains que cet officier élégant et éduqué le leur rendrait au plus vite. Au lieu de cela, les enfants disparaissaient, qui sait où. Schmidt ne tenait pas à le savoir.

Tout cela est la faute du commandant, bougonna-t-il en son for intérieur. C'était sa faute s'il était obligé de rester en service à cette heure avancée de la nuit. Sa faute à lui et la faute des Juifs…

Il sortit une bouteille d'alcool de sous son lit de camp. Il la porta jusqu'à son visage pour déchiffrer l'étiquette. Du cognac. Du pur cognac français. Qui sait comment ce diable de Moshe s'était débrouillé pour récupérer une bouteille de cognac dans le camp ? Le *Kanada* recelait toutes sortes de trésors. La difficulté consistait à les en faire sortir. Ces maudits espions du service de sécurité des SS étaient prêts à ouvrir une enquête à la moindre occasion, y compris pour une bouteille de spiritueux… Comme si leur travail quotidien n'était pas déjà assez dur et que l'alcool n'était pas indispensable pour alléger leurs peines.

Schmidt serra la bouteille dans une main et, de l'autre, fit tourner le bouchon qui céda en produisant un son sec et entraînant. Ses collègues, presque tous saouls dans la chambrée voisine, dormaient d'un sommeil de plomb. Personne ne le dérangerait.

L'*Oberscharführer* souleva la tête et avala une grande lampée. La chaleur du cognac se propagea agréablement de sa gorge à l'ensemble de son corps. Aussitôt, Schmidt se sentit mieux. C'était exactement ce qu'il lui fallait. Il lui faudrait peut-être attendre encore une heure ou deux que les Juifs prennent leur décision. Il ne pourrait pas tenir sans alcool. Les soldats avaient à leur disposition du schnaps en quantité illimitée, mais le cognac français était tout de même autre chose.

Après deux ou trois autres gorgées, l'adjudant commença à ressentir les effets de l'alcool. La réalité du camp se dissolvait autour de lui. Mais une pensée soudaine fit aussitôt s'évanouir cette sensation de réconfort. En fait, il n'était pas seul. Le commandant pouvait empoigner son téléphone à tout moment et l'appeler pour satisfaire l'une ou l'autre de ses exigences extravagantes.

Schmidt en eut tout à coup assez. Il se leva avec difficulté du lit de camp et s'approcha du bureau. Il déchira une petite bande de papier et l'enfila minutieusement dans une fente, sur le téléphone de bakélite noire. C'était un vieux truc qu'il avait appris de son prédécesseur. La feuille de papier bloquait le petit marteau de la sonnerie et le téléphone n'émettait plus qu'une vibration sourde.

Schmidt retourna vers son lit de camp, satisfait. Il avait besoin de fermer les yeux, du moins quelques instants. Il fallait qu'il se repose. Cette nuit était longue et loin d'être terminée. Il regrettait d'avoir battu le rabbin, mais il n'avait pas pu agir autrement. C'était le règlement.

Il avala une autre gorgée, puis reboucha la bouteille et la cacha sous le lit. Il s'allongea sur la couverture, ses bottes aux pieds, et ferma les yeux, agréablement étourdi par le cognac.

Dix minutes, se promit-il en sombrant, seulement dix petites minutes…

Myriam traversa le baraquement d'un pas las et regagna la zone sombre, derrière les uniformes. Elle prit la main d'Elias dans la sienne et la caressa. Il était inconscient.

Jacek se tenait à l'écart, près de la fenêtre. Jiri était étendu sur des couvertures. Son hémorragie s'était arrêtée. Il avait le front trempé de sueur, peut-être à cause de la fièvre. Mais son regard demeurait lucide.

— Où en étions-nous ? demanda Berkovitz en se massant le bas-ventre, à l'endroit où le pied de Paul avait frappé.

Dans la bagarre, un verre de ses lunettes s'était fendu.

Moshe désigna Otto.

— Il faudrait qu'il s'échappe. Du moins me semble-t-il.

— Il est trop tard, je n'y arriverai pas, dit Otto. Je ne vais pas pouvoir m'intégrer aux *Arbeitskommandos* de la matinée. Mes camarades s'évaderont sans moi. Et même si nous appelons l'*Oberscharführer*, que lui dirons-nous ?

Ils se dévisagèrent.

— Il y a peut-être une possibilité, dit Moshe sur un ton las. J'y pense depuis un moment.

— C'est-à-dire ?

— On pourrait mettre le feu au baraquement. On fait un tas avec des couvertures et les uniformes au milieu de la buanderie de sorte que les flammes se voient le plus tard possible de l'extérieur. À cette heure-ci, il y a peu de gardes en service. La buanderie sera carbonisée avant que quiconque ait pu intervenir. Cela va créer une belle pagaille, dont tu profiteras pour t'échapper par l'arrière.

Otto regarda ses compagnons, désespéré.

— Je ne peux pas vous laisser faire une chose pareille. Car, même si je m'en sortais, qu'adviendrait-il de vous ? On vous laisserait mourir de faim dans le *Bunker*.

— Ne t'inquiète pas. Nous dirons que c'est toi qui as tout manigancé, que tu nous as menacés avec ton couteau. De toute façon, les Schleus ne s'énervent plus autant qu'avant, quand il y a des évasions. Il y a deux ans, ils en tuaient au moins dix, alors que personne n'a été fusillé après la dernière évasion. Le front approche et Breitner le sait.

— Moshe a raison, dit Berkovitz. Le commandant est bon en calcul.

Otto pouffa.

— Ne racontez pas d'histoires ! Vous savez très bien comment réagira Breitner. Non, je ne…

— Écoute ! l'interrompit Moshe d'un ton sec. Je préfère crever de cette manière. De toute façon, nous n'avons aucun espoir de nous en sortir vivants. Au moins, nous n'aurons pas à donner de nom à Breitner. Elias avait raison : si nous refusons de désigner l'un d'entre nous, c'est nous qui aurons gagné.

— Je suis d'accord, dit Jiri dans un soupir.

— Ne comptez pas sur moi, affirma Jacek depuis l'autre bout du baraquement. Je ne peux pas m'impliquer.

Otto, Moshe et Berkovitz se retournèrent et s'aperçurent que Jacek avait profité de leur distraction pour récupérer le couteau.

— Ne dis pas de sottises, l'apostropha Moshe en indiquant le cadavre de Paul. Tu es déjà impliqué. Tu n'as pas bougé quand Otto a… *arrêté* Paul.

— Ils ne me feront rien si je vous empêche de vous évader. Je vais appeler les gardes.

— Tu ne le feras pas, dit Moshe.

— Et qui m'en empêchera ? Vous n'êtes plus très nombreux et moi, j'ai un couteau.

— C'est toi qui t'en empêcheras tout seul. Tu n'es pas si stupide, et surtout je suis certain que dans le fond toi aussi tu as un cœur, Jacek. Dis-nous la vérité : cela ne te plairait pas, à toi aussi, de tourner les SS en ridicule ? Ça ne te faisait pas rire de marquer un but de la main ?

— Probablement, mais je ne peux pas. Je vous ai parlé de mon frère. Je dois survivre pour lui.

— Même au prix de nous faire tous fusiller ?

Le chef de baraquement ne répondit pas.

Dans le silence qui les enveloppa, Jiri fit entendre un filet de voix. Il se mit à parler avec son timbre naturel, grave et profond, en faisant des pauses fréquentes pour reprendre son souffle.

— Tu n'as plus de frère, Jacek.

Le *Blockältester* se retourna, à la fois suspicieux et furieux.

— Qu'est-ce que tu racontes ?

— Tu n'as plus de frère, Jacek, répéta Jiri. Je suis désolé.

Les efforts qu'il déployait pour parler l'épuisaient.

Le chef de baraquement s'agenouilla près de lui et pointa son couteau.

— Qu'est-ce que tu dis là ? Qu'en sais-tu ?

— Je sais une chose que tu ignores. Je suis désolé. Je ne voulais pas te l'annoncer de cette façon, mais…

Jacek le dévisageait d'un air aussi effrayé qu'incrédule.

— Je vous ai déjà raconté qu'il m'est arrivé de fréquenter des officiers de la Wehrmacht, des SS, de la *RSHA**. Il y en avait plusieurs, dans le cabaret où je travaillais… Ils buvaient souvent plus que de raison et se laissaient ensuite aller aux confidences. Au lit, ils n'arrêtaient pas de parler. Ils avaient besoin de se libérer. Et moi je les écoutais. Ils étaient sans défense et, pendant un moment, ils arrivaient à oublier leur uniforme et leur Hitler…

Il marqua une pause pour reprendre son souffle.

— Cela ne me regarde pas. Ce ne sont que des mensonges.

— Écoute, Jacek. Peu avant mon arrestation, je me suis retrouvé en compagnie d'un *Obersturmführer* blond, très pâle, très mignon…

Jiri était trempé. Il continuait à faire pression sur son ventre pour atténuer la douleur de sa blessure.

— Il revenait d'une soirée de rafles. Il m'a tout raconté. Comment ils les prenaient, les emmenaient, les… Et moi qui me croyais en sécurité, quel imbécile ! Il souffrait, cela se lisait sur son visage. Il se détestait pour ce qu'on lui avait ordonné de faire, mais il était incapable de ne pas obéir aux ordres. C'est là tout le malheur des Allemands : ils ne peuvent jamais désobéir…

— Allez, continue, pédale. Voyons quelles histoires tu vas encore inventer.

— Le petit blond m'a dit que, ce soir-là, ils avaient fait irruption dans l'appartement d'un joueur de football connu, arrêté pour avoir trafiqué au marché noir.

Jacek se précipita sur Jiri et le gifla à toute volée.

— Tais-toi, Juif de merde !

Jiri essuya du dos de la main le filet de sang qui lui coulait sur le menton.

— Je me tais, si tu veux. Mais je crois que ce que je raconte va t'intéresser. L'officier blond m'a dit qu'ils s'étaient rendus dans l'appartement du footballeur parce qu'un voisin avait prévenu la police de mouvements suspects. Ils sont entrés et ont trouvé un garçon immobilisé sur une chaise, à qui il manquait un bras et une jambe.

Jacek blêmit.

— À l'intérieur d'une armoire, ils ont trouvé un Polonais de la *AK*, qui a tenté de s'enfuir par la fenêtre. Alors ils n'ont pas hésité : ils ont tiré sur le fugitif et, immédiatement après, sur le garçon mutilé... En me racontant cela, il avait envie de pleurer. Tirer de sang-froid sur un garçon à qui il manquait un bras et une jambe ! Le lieutenant m'a dit que le garçon les avait regardés dans les yeux jusqu'au bout, avec arrogance. Il n'avait pas peur, et c'est ce qui les a bouleversés. Il n'avait aucun moyen de se défendre, et pourtant il n'a pas eu peur...

— Tais-toi, sale Juif...

Jacek leva le couteau au-dessus de Jiri et, l'espace d'un instant, Moshe pensa qu'il serait la quatrième victime de la nuit. Mais l'élan de Jacek se transforma en un curieux mouvement et il laissa tomber son arme.

Il pleurait.

— Si Breitner nous voyait, il perdrait peut-être de son assurance..., commenta Moshe.

Jacek se releva. Il essuya ses joues d'un revers de manche et alla s'accroupir dans un coin. La tête entre les mains, il fixait le sol et se mit à se balancer d'avant en arrière, dans un mouvement régulier.

— Allez, les exhorta Moshe, c'est l'heure de commencer notre barbecue.

Otto s'adressa à Myriam.

— Et toi, qu'en penses-tu ?

Myriam s'approcha de lui et le prit dans ses bras.

— J'espère que tu vas t'en sortir, Otto.

— J'espère que vous aussi, vous vous en sortirez.

— Nous sommes tous d'accord ? demanda Moshe. Alors dépêchons-nous. Faisons un tas avec les couvertures.

Ils ramenèrent les couvertures vers le centre du baraquement.

— Attendez, dit Moshe, n'oublions pas ceux-là ! Ils vont enfin être utiles !

Il décrocha les uniformes des SS des fils et les jeta sur le tas de couvertures.

— Otto, tiens-toi prêt, ajouta-t-il. Dès que les flammes commenceront à lécher les murs et le toit, ce sera le moment de t'enfuir. Et n'oublie pas : quand la guerre sera finie, fais en sorte que l'Allemagne devienne meilleure. Bonne chance !

Otto marchait déjà vers la porte. À ces mots, il s'arrêta net et se retourna lentement vers Moshe. Il ouvrit la bouche, mais aucun son n'en sortit. Alors il reprit sa marche vers l'entrée du baraquement.

Moshe attrapa le briquet et l'alluma. Il l'approcha du tas de couvertures. Il s'apprêtait à y mettre le feu lorsqu'il entendit derrière lui la voix d'Otto.

— Attends, Moshe.

Le commandant ne parvenait pas à rester assis. Il faisait les cent pas dans la pénombre du bureau. Ses yeux fixaient l'échiquier. Il était agité par une anxiété fébrile, comme si de l'issue du jeu dépendait quelque chose de beaucoup plus important.

La partie avait pris un tour imprévu. Quelques coups avaient suffi aux noirs pour ouvrir une brèche dans le camp adverse. Ils ne se déplaçaient plus comme les reliquats d'une armée en déroute, mais comme une patrouille de sapeurs bien organisée. Il leur avait fallu sacrifier un pion et une tour, mais ils avaient fini par obtenir l'impossible. Il saisit la pièce pour accomplir le dernier coup. Un pion noir avait gagné l'autre extrémité de l'échiquier et s'était transformé en une reine redoutable et puissante.

Breitner se laissa tomber dans son fauteuil en soupirant et s'étira contre le dossier. Il était à la fois stupéfait et effrayé. Il était donc possible qu'un misérable pion parvînt, au milieu d'innombrables difficultés, à prendre le dessus sur un ennemi beaucoup plus fort que lui et à modifier tout seul, sans l'aide de personne, le cours de la bataille, ne serait-ce que momentanément ? Peu importaient, dans ce cas, l'organisation et le rapport des forces en présence, peu importaient la supériorité de la race, sa puissance et sa gloire. Même face à une suprématie indéniable, il demeurait possible qu'un seul individu change le cours de l'histoire.

Breitner leva les yeux sur l'immense *KZ* plongé dans l'obscurité. Peut-être un pion était-il en train de se transformer en reine ici même, sous ses yeux.

Il avait été informé ce matin-là qu'il en arriverait plusieurs centaines de milliers de Hongrie dans quelques semaines. Comme tous les autres, ils descendraient des trains sans se douter de ce qui les attendait. Breitner se sentit écrasé par la tâche qui lui incombait. *Arbeitsvernichtung**… D'autres centaines de milliers de personnes à anéantir par le travail et dans les fours. Il eut la sensation que la tâche non seulement était au-dessus de ses forces, mais dépassait également de loin les forces du Reich tout entier. Certains d'entre eux – les plus forts – survivraient de toute façon, suffisamment pour que leur race se perpétue.

C'est à ce moment précis qu'il comprit, avec une certitude irréfutable, que la défaite était sur le point d'advenir. Que le rêve du Troisième Reich ne se réaliserait jamais. La Grande Allemagne s'étendant de l'Oural à l'Atlantique demeurerait à jamais un rêve. Même s'ils luttaient de toutes leurs forces, leur destin était tracé. Ce n'était pas le fruit de son imagination ni une prédiction : Breitner le savait. Quelqu'un en avait-il conscience à Berlin ? Enfermés dans leur bunker, peut-être avaient-ils encore l'illusion de pouvoir remporter la guerre. Goebbels écumait sa rage dans son journal, en prophétisant un renversement du front imminent. Y croyait-il vraiment ? se demanda Breitner. Ou était-il conscient qu'il ne s'agissait que de propagande ? En dépit des V2 frappant Londres et l'eau lourde sur laquelle ils travaillaient à Peenemunde, certains militaires étaient déjà convaincus que la guerre était perdue.

La sonnerie du téléphone retentit. Instinctivement, le commandant jeta un coup d'œil à la pendule. Il était presque 5 heures. Il devait s'agir d'une chose importante. Il fixa l'appareil en espérant qu'il s'arrête de sonner. Mais il ne s'arrêta pas.

— Allô ? demanda-t-il, inquiet.

Puis il changea immédiatement de ton. Il redressa imperceptiblement le buste, en bombant le torse.

— Comment ? Oui, j'ai compris, mais…

Il s'ensuivit un long silence.

— *Jawohl !* J'ai compris. Je ferai exécuter immédiatement les ordres. Au plus vite. *Heil Hitler !*

Il raccrocha et demeura les yeux dans le vague pendant quelques minutes. Lorsqu'il eut rassemblé ses idées, il souleva le combiné et composa le numéro du poste de garde. Il attendit avec impatience que quelqu'un réponde, mais le téléphone continua à sonner dans le vide.

— Schmidt ! hurla-t-il en raccrochant brusquement le combiné. Où diable est-il passé ?

— Tu as oublié tes bagages ? demanda Moshe.

Otto revint vers lui.

— Range ce briquet, au moins pour le moment, ordonna-t-il.

Moshe obéit avec réticence.

— Écoute, Moshe, j'ai bien réfléchi, dit Otto en le fixant droit dans les yeux. C'est à toi de t'enfuir.

— Moi ? C'est ton nom qui figure sur le billet. C'est toi qui dois changer le destin du monde.

— C'est ce que je pensais aussi… jusqu'à il y a une minute. Ce que tu viens de dire m'a fait réfléchir.

— Qu'est-ce que je t'ai dit ? *Bonne chance* ?

— Tu as dit : « Quand la guerre sera finie, fais en sorte que l'Allemagne devienne meilleure. » Tu as raison, nous voulons libérer les camarades du Parti. Nous parviendrons peut-être à organiser une résistance interne en Allemagne pour combattre le Reich. Et, lorsque la guerre sera terminée, nous ferons en sorte qu'une telle horreur ne se produise plus.

— Et alors, cela ne te suffit pas comme programme ?

— C'est bien, mais… nous parlons de l'avenir. Grâce à nous et à d'autres, l'Allemagne sera meilleure, mais, en attendant, vous serez tous morts. Moi, je représente le futur, mais, en cet instant précis, le plus important, c'est le présent.

Moshe jeta un coup d'œil à ses compagnons de survie.

— Un présent assez mal en point, cela dit.

— Mais vous êtes encore en vie ! s'écria Otto, les yeux brillant d'émotion. En Hongrie, il y a des centaines de milliers d'autres Juifs vivants mais que l'on s'apprête à tuer. Nous devons empêcher cela. Il faut que quelqu'un les avertisse. Les Américains doivent bombarder les fours. Maintenant ! Tu comprends ? Je ne peux pas échanger le présent et l'avenir. Ce ne serait pas juste.

— Mais tu pourrais t'occuper du présent.

— Et comment ? Il faudrait que je m'adresse aux Américains et que je leur explique la situation ? Je suis communiste et ils le savent. Ils ne m'écouteraient pas. Je ne suis pas la bonne personne. La bonne personne, c'est toi, Moshe.

— Tu as tort. C'est toi, le héros, dans ce baraquement.

— Écoute, Moshe. Dans ce camp, j'ai appris une chose : puisqu'on n'a pas la possibilité de sauver tout le monde, alors il faut avant tout sauver ceux qui pourront, à leur tour, sauver d'autres gens. Ici, tu es le seul à pouvoir agir en ce sens. Nous savons tous que les Schleus vont s'activer en Hongrie d'ici peu. Combien de Juifs y a-t-il là-bas ? Un million, un million et demi ? Les nazis sont très efficaces et ils sont conscients qu'il ne leur reste plus beaucoup de temps. Actuellement, ils arrivent à éliminer jusqu'à dix mille personnes par jour dans les fours. Nous n'avons pas de temps à perdre.

— Voilà pourquoi tu as pensé à moi.

— C'est toi qui vas t'évader. Mes camarades t'aideront. Lorsqu'ils te trouveront dans le tas de bois, ils comprendront que c'est moi qui t'y ai envoyé. Personne d'autre n'est au courant.

— D'accord. Mais dans ce cas tu viens aussi.

— C'est impossible. Il n'y a de place que pour trois personnes dans ce trou. Et encore : vous devrez rester les uns sur les autres sans bouger pendant tout ce temps. Ce ne sera pas une partie de plaisir. Vous vous pisserez dessus.

— Je ne m'attendais pas à un hôtel cinq étoiles !

— Les camarades sont polonais. Dehors, ce sont eux qui vont te sauver. Tu leur expliqueras tout ce qui est arrivé et ajouteras que je t'ai confié une nouvelle mission. Ils ne discuteront pas, tu peux en être sûr. Tu leur diras « Dombrowski » et ils comprendront.

— *Dombrowski*, répéta Moshe. De quel bloc vient-il ?

Otto sourit.

— C'était le général de la Commune de Paris. Nous avons choisi son nom comme mot d'ordre pour nous reconnaître les uns les autres. Les camarades polonais te feront passer pour un Biélorusse, ou quelque chose de ce genre. L'important est que personne ne se doute que tu es juif. C'est trop dangereux, ici, en Pologne. La *AK* réussira à te faire arriver en Slovaquie et, de là, en Hongrie. Là-bas, tu pourras défendre ta cause.

— Je ne sais pas si…

— Tu *dois* réussir. Le sort des Hongrois est entre tes mains. Si j'y vais, personne ne me croira. Ils croiront plus volontiers un Juif de Varsovie. Ils t'écouteront. Tu iras voir tes chefs, tes rabbins et tu leur raconteras ce qui est sur le point de se produire. Ils parviendront à empêcher le massacre. Vous avez du pouvoir en Amérique. Il faut que tu y ailles.

— Tu m'as convaincu, dit Moshe sur un ton ironique. Dès que tu auras trouvé le tapis volant, j'irai.

— Tu dois au moins essayer ! Moshe, cesse un instant de jouer ce rôle du cynique désabusé. C'est toi qui dois t'évader.

Moshe regarda ceux qui restaient de ses compagnons : Otto, un Allemand, Jacek, un criminel polonais, Jiri, un homosexuel compromis avec les SS, Berkovitz, un financier jouant double jeu. Et Myriam, une femme.

— Tu es la seule pièce du puzzle qui permette aux autres de s'emboîter, dit Otto.

Moshe pouffa. Il se sentait tellement fatigué…

— Je ne suis pas aussi fort que toi, Otto.

— Tu l'es bien plus, car tu as un but à présent.

Sans lui donner le temps de protester, Otto le traîna jusqu'à la porte.

— Donne-moi le briquet.

Après un instant d'hésitation, Moshe le lui tendit.

— Attendez !

Jacek, assis par terre, leva la tête vers eux, le regard fiévreux.

— Je peux vous aider, dit-il.

— Ce n'est pas nécessaire, Jacek. Contente-toi de ne pas faire obstacle.

— Non, je veux vraiment vous aider. Je ferai tout pour t'aider à t'enfuir, Moshe.

Les yeux du chef de baraquement étaient exorbités. Il avait une pommette gonflée par les coups qu'il avait reçus, mais son visage irradiait l'énergie d'un enthousiasme retrouvé.

— Mais jure-moi que, quand tu seras sorti de là, tu ne te feras pas prendre. Tu dois réussir, pour mon frère et pour moi.

Moshe acquiesça d'un mouvement de tête.

— Le feu est une bonne idée, poursuivit Jacek, mais ce ne sera pas suffisant. Il faudra que tu passes les barbelés électrifiés. L'incendie occupera les gardes. Pendant ce temps, j'irai dans la baraque des outils, je sais comment on y entre. Si je rencontre un SS, je dirai que nous avons un *Arbeitskommando* très matinal. De toute façon, il fait déjà presque jour. Je connais les barbelés par cœur, il m'est arrivé d'aider l'électricien du camp. Je sais comment provoquer un court-circuit. Nous prendrons des tricoises et des gants en caoutchouc. Il y a un endroit isolé et sombre, où nous couperons le barbelé. Tu pourras sortir et aller te cacher.

— Tu ne dois pas…, dit Moshe.

— Je veux le faire, l'interrompit Jacek. Après avoir coupé les fils, j'essaierai de distraire les gardes de cette zone. Avec les cigarettes de Moshe, par exemple.

Moshe prit un paquet dans sa veste et le lui tendit.

— Ce sera dangereux.

Jacek pouffa.

— Je suis défenseur, non ? Mon travail consiste à bloquer les adversaires pour que les attaquants puissent marquer un but.

— Tiens-toi prêt, dit Otto en s'adressant à Moshe. Quand les flammes atteindront le toit, jette-toi par la fenêtre, à l'arrière. Jacek viendra avec toi pour t'aider à traverser les barbelés. Ensuite, file vers le *Mexico*, sous le tas de bois.

Otto prit un crayon et dessina une carte sur un bout de papier.

— C'est là, dit-il en marquant une croix. Tu ne peux pas te tromper. Tu as compris ?

Moshe opina. Otto sourit, mit le papier dans sa bouche et le mâchonna pour le détruire.

— D'ici quelques jours, les camarades te rejoindront.

Moshe fit de nouveau un signe de tête. Le monde tournait autour de lui et son cerveau avait cessé de fonctionner.

Otto se pencha au-dessus du tas de couvertures, au moment même où la nuit eut un frisson.

— C'est l'aube, murmura Moshe.

Les autres détenus se tournèrent vers la fenêtre.

Otto regarda Moshe et lui adressa un sourire.

— Nous devons nous dépêcher.

— Un instant, dit Moshe.

Il marcha en direction de Myriam et la prit dans ses bras. Elle se laissa faire, passive.

— Ne meurs pas, murmura-t-il à son oreille. Résiste de toutes tes forces. Pour Ida. N'oublie pas qu'elle est peut-être vivante.

Puis il se tourna vers ses compagnons.

— Ne m'attendez pas ce soir. Je risque de rentrer tard.

Otto approcha le briquet des couvertures et l'alluma.

5 heures

— *Jawohl, Herr Kommandant !* finit par répondre une voix ensommeillée à l'autre bout du fil.

— *Herr Oberscharführer !* brailla Breitner dans le combiné. Où étiez-vous passé ? Voilà plus d'une demi-heure que je vous cherche. J'exige des explications.

— J'étais allé…

L'adjudant cherchait ses mots dans son cerveau embrumé.

— J'étais allé contrôler la situation dans le baraquement. Tout est calme, *Herr Sturmbannführer* !

— Vous rédigerez un rapport détaillé demain matin, ordonna Breitner, à qui le ton pâteux de la voix du sous-officier n'avait pas échappé.

— Avez-vous des ordres à me donner ?

— Emmenez-les au mur, *Herr Oberscharführer*, et faites-les fusiller. Tous. Immédiatement.

— Mais, *Herr Kommandant*, vous aviez dit vous-même que…

Breitner ne le laissa pas finir sa phrase.

— Les ordres ont changé. J'exige à présent qu'on fusille les prisonniers. Tous ! Avez-vous bien compris ? *Los !* Je veux entendre les coups de feu d'ici dix minutes. Ensuite, vous les ferez transporter aux crématoires.

Il raccrocha.

Il était décidé. Le temps que Schmidt réponde au téléphone, il avait eu tout le temps de mettre sur pied son plan.

Il sortit de son bureau et se dirigea vers la chambre à coucher. Frieda dormait, avec une expression sereine sur le visage. À côté d'elle était couché Felix, dans un pyjama devenu trop petit pour lui. Comme souvent, le petit garçon avait profité de l'absence de son père pour se glisser dans leur lit.

Breitner les contempla un instant. Ils étaient beaux. Beaux et innocents.

Il devait se dépêcher s'il voulait encore sauver quelque chose au milieu de tout ce désastre. Il se pencha vers le visage de Frieda et murmura.

— Frieda… Frieda, réveille-toi !

Elle ouvrit les yeux et lui sourit. Elle n'avait pas l'air inquiète, même si son mari l'avait réveillée au beau milieu de la nuit. Elle avait confiance en lui.

— Karl, que se passe-t-il ? demanda-t-elle à voix basse pour ne pas réveiller leur fils.

— Levez-vous ! Vite !

Pour la première fois, une ombre d'inquiétude traversa le regard de Frieda.

— Il est arrivé quelque chose ? demanda-t-elle en s'asseyant au bord du lit.

— Berlin a téléphoné…

Il s'interrompit. Il n'avait pas le courage de poursuivre.

— Et alors ?

Frieda le regardait avec crainte. Son visage ne portait plus aucune trace de sommeil.

Breitner détourna le regard.

— Ils me transfèrent, dit-il d'une voix hésitante. Je dois gagner le front russe immédiatement. Le nouveau commandant arrivera ici dans deux ou trois jours.

— Mais ils ne peuvent pas faire une chose pareille ! Tu as toujours…

— Ce sont les ordres du *Reichsführer* en personne. On ne les discute pas.

— Mais tu as accompli ton travail, ici, au camp…

— Je n'ai pas le choix, tu comprends ? Maintenant, il faut penser à nous, et surtout à Felix.

Frieda se tourna instinctivement vers son fils, qui continuait à dormir, serein.

— Il ne vous arrivera rien, je te le promets. Mais vous devez partir maintenant.

— Non, Karl ! Je dois rester à tes côtés. Que vas-tu faire ?

— Vous devez partir. Ne discute pas. Je vais réveiller le chauffeur afin qu'il prépare la voiture. Vous partirez ce matin même. Tu vas y arriver ?

Désorientée, Frieda regarda autour d'elle. Elle avait perdu toute son assurance habituelle.

— Mais nous… Comment ferons-nous, sans toi ?

Écoute, Frieda.

Breitner s'assit sur le lit à ses côtés et lui prit la main. Le mouvement du matelas troubla le sommeil de Felix, qui se retourna en gémissant.

— Je vais appeler quelqu'un d'influent à Berlin, poursuivit Breitner d'un ton assuré. On te donnera de faux papiers pour entrer en Suisse. J'ai un compte à mon nom à Zurich, avec beaucoup d'argent.

Frieda eut l'air soulagée.

— Mais où ? Comment ?

— Je t'expliquerai tout, mais maintenant écoute-moi, c'est important. Nous devons agir pour Felix, tu comprends ? Il n'a pas d'avenir en Allemagne.

Il posa un doigt sur la bouche de Frieda pour l'empêcher de l'interrompre.

— Les Américains et les Russes vont nous chasser. Te souviens-tu de ce qui s'est passé après Versailles ? Ils vont de nouveau décider du sort de notre pays. C'est pourquoi il faut que tu emmènes Felix loin d'ici, loin de toutes ces horreurs. Nous devons lui donner une chance.

Frieda l'écoutait, bouleversée. Le monde s'écroulait autour d'elle.

— Mais où irons-nous ? Comment allons-nous faire ?

— Gagnez l'Amérique du Sud dès que vous le pourrez. J'ai des amis là-bas qui t'aideront. Je vais te donner une liste de noms que tu pourras contacter en Argentine. Je les ai déjà prévenus.

— Et toi, Karl ?

— Je vous rejoindrai dès que possible.

Le menton tremblant, Frieda ne put retenir ses larmes.

— Oh, Karl ! s'exclama-t-elle en l'enlaçant.

— C'est dur, je sais. Mais Felix ne mérite pas cela. Il n'est pas coupable. Il est innocent et doit le rester. Ne lui dis rien. Il ne devra jamais rien savoir de tout cela.

— Mais c'est impossible ! Comment vais-je lui expliquer…

— Invente ce que tu veux. Mais ne lui dis rien de moi, de toi, du camp. Moins il en saura, plus il aura de chances de s'en sortir. Il sera plus en sécurité, sans aucun passé derrière lui.

Ils restèrent enlacés un moment, à se réconforter l'un l'autre. Tout à coup, une lueur attira leur attention. Le commandant se précipita à la fenêtre et écarta les rideaux.

La buanderie crépitait.

— Viens, *Libling*, entre ! J'ai presque fini. Qu'a dit le rabbin ?

Il regarda autour de lui. Sa femme époussetait le cadre d'une vieille photo, le portrait en noir et blanc d'une petite fille aux longues tresses blondes.

— Il te passe le bonjour, répondit-il en ôtant son manteau. Et il dit qu'il ne faut pas penser au passé mais à l'avenir. L'avenir, tu comprends ? Pour nous, l'avenir signifie tout au plus la semaine prochaine…

Il chaussa ses lunettes et s'installa dans le salon. Sur la table était déployé un énorme puzzle à moitié réalisé. Des centaines de pièces étaient réparties tout autour, en tas de couleurs différentes. Le vieil homme en prit une au hasard, jeta un coup d'œil au puzzle et essaya de l'insérer à plusieurs endroits, en vain. Il la reposa en soufflant et leva les yeux vers sa femme.

— Comment ne pas penser au passé ? Cinquante ans se sont écoulés, mais j'y pense encore tous les jours. Selon lui, je devrais oublier que je me suis évadé du camp, que cela n'a servi à rien. Je n'ai même pas réussi à sauver l'un de ces Hongrois, à cause de… à cause de…

— Calme-toi, n'y pense plus…

— Tout ce que j'ai fait, les papiers que j'ai portés, les registres, les témoignages… tout cela n'a servi à rien ! Tu sais, les rabbins et les chefs de notre communauté ont passé des semaines à se renvoyer mon rapport. Ils l'ont même envoyé au pape, il y a de quoi rire ! J'imagine bien ce qu'il a dû en faire !

— Ne manque pas de respect à…

— Et pendant ce temps les Schleus ont commencé à nettoyer le pays de fond en comble. Ceux qui le pouvaient sont allés se cacher en Suisse… Ah, quelle horreur ! Et nous …

— Ne recommence pas, *Libling*, je t'en prie…

— Nous, nous avons survécu, et c'est une chose que je ne pourrai jamais me pardonner.

Il se tut, dégoûté. Sa femme le caressa longuement, avec douceur. C'était le seul moyen de le calmer.

— C'est presque l'heure du déjeuner.

Il pouffa. Son regard revint se poser sur le puzzle.

— Je ferais mieux d'acheter les puzzles pour enfants. Tu sais, ceux de vingt-cinq pièces énormes. Je ne vois plus rien. Crois-tu qu'il existe des puzzles en braille ?

Elle rit doucement et se dirigea vers la cuisine.

Le vieil homme, les lunettes sur le bout du nez, se remit à examiner les pièces du puzzle. Il en prenait une, l'observait avec l'attention d'un tailleur de pierre, puis cherchait à l'insérer dans le puzzle ou la mettait de côté. En quelques minutes, il parvint à en ajouter cinq au puzzle.

On sonna à la porte.

— Qui cela peut bien être ? demanda-t-il sans bouger de son fauteuil.

— Je ne sais pas, répondit sa femme avec une pointe d'inquiétude dans la voix. Nous n'attendons personne, aujourd'hui.

— Nous n'attendons *jamais* personne.

— Je vais voir qui c'est.

— Sois prudente. Il y a des gens louches dans le coin depuis quelque temps.

— Que veux-tu qu'on nous vole ici ?

— Je ne parle pas de voleurs. Je parle des hommes politiques : les élections vont bientôt avoir lieu et il paraît qu'ils font le tour des maisons.

Elle se retint de rire.

— S'ils te demandent de voter pour eux, poursuivit-il du salon, dis-leur que ç'aurait été avec plaisir, mais que nos petits-enfants nous ont pris notre carte d'électeur.

— Ne t'inquiète pas, je laisserai la chaîne de sécurité en ouvrant la porte.

Elle se dirigea vers la porte et l'entrouvrit. Un homme d'une cinquantaine d'années apparut. Il était grand, robuste, avec des yeux bleu vif et pénétrants et des cheveux blonds sur un crâne légèrement dégarni. Il portait un costume de toile bleue.

Elle le regarda avec curiosité.

— Vous désirez ?

L'inconnu réagit de façon inattendue : il se mit à rougir. Cet homme grand et costaud apparut tout à coup timide.

— Je vous… excusez-moi…, bredouilla-t-il sans trouver ses mots.

Sa voix avait un léger accent sud-américain. Elle le dévisagea, intriguée, certaine qu'il s'agissait d'une erreur.

— Puis-je entrer ? demanda l'homme.

Mais elle hésita.

— Je suis désolée, mais je ne vous connais pas. Qui cherchez-vous ?

— Je cherche… (Il rassembla ses forces.) Moshe Sirovich et sa femme Myriam. C'est vous ?

La vieille femme eut l'air surprise.

— Oui, mais…

Ils se dévisagèrent un moment en silence.

— Puis-je entrer ? répéta l'homme. C'est important.

— *Liebling*, qu'est-ce que c'est ? Qui a sonné ? demanda Moshe du salon.

Elle se tourna vers son mari.

— C'est un monsieur… Il veut nous parler…

— Si ce n'est pas un agent des impôts, laisse-le entrer !

Myriam referma la porte pour pouvoir ôter la chaîne et la rouvrit en grand.

— Entrez, je vous en prie.

L'homme paraissait gêné. Il ne cessait de se triturer les mains.

— Venez par ici. Voici mon mari.

Moshe s'adressa au visiteur.

— Veuillez m'excuser si je ne me lève pas. À mon âge, il faut économiser ses forces.

L'homme demeurait immobile.

— Alors ? Vous attendez un carton d'invitation ? Asseyez-vous donc ! Nous n'avons pas grand-chose à vous offrir. Un thé, peut-être…

Il refusa et s'assit dans un fauteuil en cuir craquelé, face à Moshe. Ce dernier fit un signe de tête à sa femme, qui, à son tour, prit place autour de la table. Elle était inquiète.

— Bien, reprit Moshe. Qui que vous soyez, soyez le bienvenu. Votre présence nous distraira un peu. Que désirez-vous ?

L'homme le fixait, ému, sans pouvoir articuler un mot.

— Ne soyez pas inquiet, dit Moshe. Commençons par des choses simples. Comment vous appelez-vous ?

Le géant semblait paralysé. Dans un effort qui parut surhumain, il se mit à parler.

— Je m'appelle Breitner. Felix Breitner.

Un éclair de suspicion troubla l'expression engageante de Moshe et son sourire s'évanouit.

— Nous ne connaissons pas de Breitner.

— Mon père était Karl Breitner.

Le visage de Moshe devint terreux. Myriam retint son souffle.

— Breitner ? *Ce* Breitner-là ?

Moshe frémit d'indignation et, dans un effort, se leva de son fauteuil. Il dominait l'homme blond qui parut tout à coup minuscule. Son cou et son visage étaient tendus.

— Partez ! lui intima-t-il. Quittez cette maison immédiatement !

L'homme se mit à trembler. Il ouvrit la bouche pour répondre, puis se ravisa. Il se leva et, dans un silence glacial, se dirigea vers la porte d'entrée. Moshe, toujours debout, demeura immobile. Myriam trouva la force de suivre l'homme.

Felix Breitner ouvrit lui-même la porte. Il fit un pas puis s'arrêta sur le seuil. D'un geste prompt, il sortit une enveloppe de sa poche et la tendit à Myriam.

— Je voulais juste vous donner ceci.

Myriam prit l'enveloppe, sans l'ouvrir. Elle ne parvenait pas à fixer son regard sur l'homme.

— Partez, dit-elle avec un filet de voix. Partez immédiatement.

Elle referma la porte et s'y adossa, le souffle court. Les larmes glissaient sur ses joues. Puis elle ferma la serrure à double tour et s'essuya les yeux du dos de la main.

Elle retourna dans le salon, où Moshe se tenait toujours dans la même position, comme si un regard divin l'avait transformé en une statue de sel. Elle le prit dans ses bras. L'étreinte brisa l'enchantement et Moshe se redressa. Mais il ne parvenait toujours pas à parler.

Puis son regard glissa le long du bras de Myriam et il aperçut l'enveloppe dans sa main.

— Qu'est-ce que c'est ?

— C'est lui qui me l'a donnée.

Moshe prit l'enveloppe et la retourna à plusieurs reprises, sans se résoudre à l'ouvrir. Il redoutait d'en découvrir le contenu. L'enveloppe était suffisamment grande pour contenir tout le passé.

Il finit par se décider. Il passa un doigt dans la fente de l'enveloppe, qui n'était pas fermée, et regarda à l'intérieur.

Une photographie.

Il tira sur la photo puis s'arrêta. D'un regard, Myriam l'exhorta à continuer.

Alors Moshe sortit la photographie de l'enveloppe.

Myriam et lui eurent le souffle coupé.

C'était la photographie d'une tombe, en noir et blanc, prise de près.

Une tombe sans prétention, une stèle très simple, en pierre claire, dans un cimetière dont on n'apercevait qu'une petite partie. Un chemin de gravier blanc et un petit portail noir dans le fond.

Devant la pierre tombale, un vase contenant des fleurs rouges.

Sur la stèle, une photographie.

Myriam porta sa main à sa bouche pour étouffer un cri.

Moshe, les yeux écarquillés, ouvrit la bouche sans émettre un son. Puis il trouva la force de parler.

— Ida…

Myriam se précipita à la fenêtre. Elle l'ouvrit et se pencha autant qu'elle le pouvait.

L'homme blond était en train de traverser la route, une trentaine de mètres plus loin. Il avait l'allure rapide de quelqu'un qui s'enfuit.

— Attendez ! hurla Myriam. Attendez !

Un vent léger faisait ondoyer les branches des bouleaux. Les premières fleurs, des pâquerettes et des coquelicots, parsemaient la plaine. Le ciel était d'un bleu limpide et le soleil réchauffait agréablement l'atmosphère, sans être fastidieux. C'était une magnifique journée dans la campagne de l'Allemagne de l'Est.

Myriam et Moshe marchaient non loin du petit cimetière. Ils regardaient le portail en fer forgé sans se résoudre à l'ouvrir. Ils portaient tous deux des vêtements sombres. Le costume de Moshe pendait mollement sur ses épaules et ses manches étaient trop longues. Il l'avait acheté des années auparavant pour les funérailles de l'un de ses amis et n'avait plus eu l'occasion de le porter depuis. Sur sa tête était posée la kippa. Myriam, elle, portait une robe aux manches longues bordées de dentelle sur les poignets, qui la faisait paraître plus jeune. À leurs côtés se trouvait Felix, dans son sempiternel costume bleu. Il les observait avec timidité.

Une route goudronnée, déserte, passait devant le cimetière. Sur le parking rayé de bandes blanches, seule une petite voiture bleue était stationnée. À quelques kilomètres plus à l'est, on apercevait un village de campagne. C'est là qu'ils avaient retrouvé Felix Breitner, une heure auparavant.

Cinquante ans plus tard, ils revenaient en Allemagne.

— Alors, c'est ici, dit Moshe.

— C'est tout ce que j'ai pu faire. Ce n'est pas grand-chose, je sais, mais…

— Non, le coupa Myriam en souriant. Pour nous, c'est beaucoup. C'est très important. Vous ne pouviez pas nous faire de plus beau cadeau.

Felix ne savait que faire. Il se triturait les mains.

— Je…

— Qu'est-ce que votre père aurait dit, s'il avait été ici avec nous ? lui demanda Moshe.

— Je l'ignore. Je n'ai pas vraiment connu mon père. Je n'avais pas de souvenir de lui, jusqu'à ce que…

Il porta la main à sa poche.

— Jusqu'à ce que ceci me parvienne.

Il tendit la main et l'ouvrit. Moshe et Myriam regardèrent les pièces d'échecs sans comprendre.

— Vous voyez ?

Il souleva un pion. Sur la base était écrit « Jan ». Puis il retourna un cavalier. Moshe lut son propre prénom, puis, sous la reine : Myriam.

— Je ne comprends pas…

— Tout à coup, je me suis rappelé tout ce qui s'est passé ce soir-là. Ma mère avait toujours refusé de m'en parler. Elle ne m'a jamais expliqué pourquoi nous avions fui l'Allemagne, ni ce qu'était devenu mon père. Elle m'a toujours raconté des histoires assez vagues. Mais ces pièces d'échecs ont ravivé mes souvenirs et tout s'est éclairé.

Moshe et Myriam le regardaient avec étonnement.

— Ce soir-là, la nuit au cours de laquelle vous vous êtes évadés du camp, mon père et moi avons disputé une partie d'échecs. J'avais huit ans à l'époque.

— Le même âge qu'Ida, murmura Myriam, la gorge serrée.

— Les échecs m'ennuyaient, alors j'ai proposé à papa de donner un nom aux pions.

— Nos noms…

— Je n'étais au courant de rien à l'époque. C'est cette même nuit que maman et moi sommes partis. Puis j'ai tout oublié, jusqu'à ce que je reçoive les effets personnels de papa. Durant les derniers mois de la guerre, il avait été envoyé au front et capturé par les Russes. Je ne sais même pas ce qu'il est devenu. Ses affaires ont été confisquées et expédiées dans un entrepôt, quelque part en Allemagne de l'Est. Après la chute du Mur, on a commencé à répertorier les vieilles reliques et à les renvoyer à leurs propriétaires respectifs.

— C'est incroyable…

— C'est ainsi que j'ai reçu les échecs. Tout m'est alors revenu en mémoire. J'ai effectué des recherches. Au musée d'Auschwitz, j'ai découvert qu'une révolte de détenus avait bien eu lieu dans le bloc 11. Les détenus avaient mis le feu à la buanderie. J'ai pensé qu'il y avait peut-être un lien entre cette révolte et votre fuite, qui s'est produite au cours de la même nuit. Par chance, j'ai également trouvé là-bas le registre répertoriant les noms des prisonniers du *Bunker*. J'ai découvert que les *Häftlinge* de la révolte portaient les mêmes prénoms que les pièces du jeu d'échecs. C'est ainsi que je me suis mis en tête de retrouver des survivants du bloc 11. J'ai cherché dans le monde entier. Il n'a pas été facile de vous retrouver.

— Votre père…, commença Moshe.

Mais sa voix se cassa.

— Je sais, poursuivit Felix. Je sais tout de lui, à présent. C'est terrible. Mais…

— Mais il reste votre père. Oui, je comprends.

— Le dossier que vous nous avez montré à New York était rangé avec le jeu d'échecs, n'est-ce pas ? demanda Moshe.

Felix acquiesça.

— Mon père choisissait sur la rampe les petites filles qui pouvaient passer pour des Aryennes, blondes aux yeux bleus. Puis il les confiait à des familles de sa connaissance. C'était une expérimentation d'aryanisation. Il était convaincu qu'en changeant les enfants de milieu, on pouvait effacer leur hérédité juive et la remplacer par l'hérédité germanique. C'est fou, je sais…

— En effet, acquiesça Myriam. Mais c'est ainsi qu'Ida a échappé aux fours crématoires.

— Oui, mais malheureusement…

— Ida était malade, nous le savions. J'espère simplement qu'elle aura passé ses derniers mois dans une certaine sérénité.

Ils demeurèrent un moment immobile et silencieux. Felix ne savait plus que dire et baissa les yeux. Puis il releva soudain la tête et fixa Myriam.

— C'est le seul moyen que j'ai trouvé pour vous demander pardon.

En silence, Moshe et Myriam ouvrirent le petit portail et entrèrent dans le cimetière.

— Je vous attends ici, dit Felix.

Ils n'eurent aucune peine à trouver la tombe qu'ils avaient vue en photographie à New York, pourtant identique aux centaines de tombes qui l'entouraient. Une femme, la tête enveloppée dans un foulard brun, apparut à l'entrée du cimetière. Moshe et Myriam levèrent la tête et la dévisagèrent. Elle emprunta le chemin de gravier puis tourna sur la gauche, avant de s'arrêter devant une tombe. Elle déposa des fleurs dans un vase en cuivre oxydé. Puis elle se mit à prier en remuant à peine les lèvres, les yeux clos, la tête penchée.

Moshe et Myriam se remirent à regarder la tombe d'Ida. Peu leur importait de se trouver dans l'enceinte d'un cimetière catholique. La seule chose qui comptait à leurs yeux était d'avoir retrouvé Ida.

Sur le marbre était gravée l'inscription : « Ida Schneider 1936-1946 ». Rien d'autre. Le nom de famille n'était pas le sien, mais en voyant la photographie, il ne pouvait y avoir de doute : c'était Ida.

Moshe sortit une paire de ciseaux de sa poche, coupa un petit morceau de son costume et le posa sur la tombe. Myriam fit de même.

Ils prièrent pendant un long moment, murmurant des paroles en yiddish. Ils ne se levèrent pour quitter le cimetière que lorsque le soleil fut plus haut dans le ciel et plus chaud.

Tandis qu'il s'acheminait vers la sortie, Moshe sentit une main lui effleurer l'épaule. Il se retourna.

Ils se tenaient tous là, derrière lui, disposés en demi-cercle, silencieux. Les prisonniers du bloc 11.

Otto était là, fort et robuste, dans son uniforme rayé, les yeux brillants de volonté et d'enthousiasme. Il y avait Jiri, avec son habituelle expression ironique sur le visage, la bouche tordue dans un rictus amer. Berkovitz était là, sérieux, chagriné, ses lunettes métalliques scintillant au soleil. Elias, les mains jointes, le fixait droit dans les yeux. Jan était aussi vieux et mal fichu que la nuit de l'incendie, mais tenait tout de même debout. Il y avait aussi Jacek, grand et mince, le visage pâle, et Alexey, avec son éternelle colère au fond des yeux. Et, au bout, se tenait Paul dans ses bottes et son blouson de cuir, les traits figés en une expression insolente. Tous les détenus du bloc 11 étaient là et le fixaient, tandis que le vent de la plaine ébouriffait leurs cheveux et agitait les plis de leurs vêtements. Puis il se produisit quelque chose. L'un après l'autre, ils se mirent à lui sourire. Jiri commença, avec une lueur ironique dans le regard, suivi d'Otto, dévoilant ses dents blanches et fortes. Puis ce fut le tour de Jan, Jacek, Paul, Elias, et enfin Berkovitz, qui souriait aussi, peut-être pour la première fois. Ils lui sourirent avec douceur comme on sourit à un ami que l'on retrouve après une longue séparation.

— Qu'y a-t-il ? Tu ne viens pas ? demanda Myriam, qui l'avait devancé de quelques pas. Tu as vu quelque chose ?

Alors Moshe se tourna vers elle et secoua la tête.

— Rien. C'est juste un souvenir.

Jiri survécut. Ses amis Prominenten *le firent interner à l'hôpital du camp. Il resta au* Revier *jusqu'à la Libération, évitant ainsi la « marche de la mort » qui conduisit les prisonniers dans d'autres camps. Le 27 janvier, il sympathisa d'emblée avec les soldats russes qui l'accueillirent avec une grande fraternité. Quelques mois plus tard, il s'établit définitivement à Moscou, où il trouva un petit travail au Bolchoï. En 1951, il épousa une chanteuse d'opéra au passé ambigu, dont il eut un enfant. Il mourut renversé par un autobus en traversant la rue pour entrer à l'hôpital, où son fils venait de naître.*

Otto fut enfermé dans la Stehzelle* *du* Bunker *pendant huit jours, tandis que Myriam n'y resta que trois jours, avant d'être renvoyée au labeur dans les bâtiments de la* Buna. *Plusieurs fois soumis à la torture de la « balançoire », Otto ne donna jamais les noms de ses complices ni le plan qu'ils avaient suivi pour s'évader. Malgré cela, Breitner n'eut pas le courage de le faire fusiller : le front russe approchait et il eût été imprudent de se mettre à dos la Résistance à l'intérieur du camp. Otto parvint à s'évader un mois plus tard, en s'éloignant de l'*Arbeitskommando *dont il faisait partie. Il rejoignit l'AK polonaise et* *combattit les nazis grâce à de rapides actions de guérilla aux alentours du camp. Après la guerre, il retourna en Allemagne et devint un membre important du Parti. Il fut élu par deux fois au Parlement, mais ses positions de plus en plus critiques à l'égard du régime le conduisirent à l'isolement au sein de l'appareil. Le 22 mai 1975, il fut kidnappé au pied de son immeuble par une poignée d'hommes en civil, probablement des agents de la Stasi. On ne retrouva jamais son corps.*

Malgré sa participation à l'évasion, Berkovitz survécut. Après trois jours d'enfermement au Bunker, *Breitner fut contacté par téléphone par une personne du gouvernorat, qui lui conseilla de laisser en vie le financier. Ses appuis en haut lieu avaient finalement été efficaces. Berkovitz fut envoyé dans les cuisines du camp, le meilleur* Kommando *que l'on puisse trouver, car la nourriture y était illimitée. En janvier 1945, au cours de l'évacuation du* KZ, *il parvint à s'enfuir dans la campagne. Il fut accueilli et caché par une famille de paysans polonais. Quelques mois plus tard, grâce à l'intervention de la Croix-Rouge, il put rejoindre sa famille et son or en Suisse. Depuis, il met ses richesses et les bénéfices de ses autres juteuses opérations financières au profit de la recherche des criminels nazis tapis dans le monde entier. Selon certains rapports secrets, il joua également un rôle dans la capture d'Adolf Eichmann. Il suivit toutes les audiences du procès jusqu'à sa condamnation à mort. Selon certaines sources, il aurait assisté personnellement à sa pendaison. Berkovitz mourut dans son lit, en 1973, veillé par sa femme jusqu'à la fin.*

Jacek s'échappa du baraquement en même temps que Moshe. Il provoqua le court-circuit et coupa les fils barbelés. Tandis que Moshe courait déjà dans la campagne, un SS le découvrit et pointa son revolver sur sa nuque. Un autre soldat, survenu par-derrière, frappa Jacek à la tête et lui fracassa le crâne avec la crosse de son fusil. Moshe avait disparu dans la pâle lumière de l'aube. Jacek mourut quelques heures plus tard, sans reprendre connaissance, et son corps fut brûlé dans un four crématoire. Ce fut là sa dernière action défensive, et la plus réussie.

Glossaire

Le vocabulaire des camps

Absperren ! : rompez !

« Aller aux barbelés » : certains détenus, dans un geste de désespoir, se jetaient contre les fils barbelés électrifiés.

Appelplatz : place sur laquelle était fait l'appel et parfois organisée l'exécution des détenus.

Appelzahl : appel des détenus.

Arbeitskommando : équipe de travail dans les camps.

Arbeitsvernichtung : anéantissement par le travail.

Aufstehen ! : levez-vous !

Blockältester : détenu (souvent un « triangle vert ») nommé responsable du bloc et de son effectif.

Brigadeführer : général de brigade.

Buna : usine de production de caoutchouc construite en 1941 près d'Auschwitz I, dans laquelle les détenus travaillent et sont logés.

Bunker : prison du camp.

Führer : Hitler.

Häftling(e) : détenu(s).

Hauptmann : capitaine.

HKB : *Häftlingskrankenbau*, infirmerie pour les détenus.

Ka-Be : abréviation de *Krankenbau*, hôpital.

Kampfgruppe : organisation de résistance clandestine, composée de membres de différentes nationalités, principalement d'idéologie socialiste et communiste.

Kanada : désigne l'endroit où sont déposés les bagages confisqués aux arrivants. Ces bagages sont triés avant d'être récupérés et font l'objet de toutes sortes de trafics.

Kapo : abréviation de *Kamaraden Polizei*, détenu (souvent un « triangle vert ») chargé de diriger un *Kommando*.

Kinderheim : foyer d'enfants.

Kommando : équipe de travail dans les camps.

Kremchy : four crématoire.

KZ : abréviation de *Konzentrationslager*, camp de concentration.

Lagerältester : détenu chargé de la gestion interne du camp.

Lagerkapo : responsable des kapos.

Musulman : prisonnier à bout de force, dont les heures sont comptées.

Oberscharführer : adjudant.

« Organiser » : terme ayant fini par revêtir l'acception de « voler, dérober ».

Obersturmführer : lieutenant.

Pipel : enfant, souvent âgé de moins de 15 ans, destiné à satisfaire les besoins sexuels des nazis.

Prominent : détenu nommé à des postes de responsabilité.

Rampe de sélection : rampe construite à la sortie des convois, sur laquelle les déportés étaient triés et acheminés soit vers les camps de concentration, soit directement vers les chambres à gaz.

Rapportführer : responsable de la tenue à jour des effectifs.

Reichsführer : titre du plus haut dirigeant de la SS.

Revier : infirmerie, lieu de soins.

RSHA : *Reichssicherheitshauptamt*, littéralement « Office central de la sécurité du Reich », créé par Himmler en 1939.

Standartenführer : colonel.

Stehzelle, littéralement « cellule dans laquelle on reste debout » : cellule de moins de 1 m^2 dans laquelle étaient entassés quatre prisonniers qui ne pouvaient ni s'asseoir, ni changer de position.

Stubenältester ou *Stubendienst* : détenu chargé de diriger une chambrée.

Stück(e), littéralement « morceau », « pièce » : terme comptable utilisé pour désigner les détenus.

Sturmbannführer : commandant.

Triangle : pièce de tissu cousue sur l'uniforme des détenus, pour les identifier, selon certaines catégories. Entre autres :

— triangle rose : homosexuels ;

— triangle rouge : prisonniers politiques ;

— triangle vert : criminels de droit commun.

Unterscharführer : sergent.

Untersturmführer : sous-lieutenant.

Wäscherei : buanderie.

Wasserraum : sanitaires.

Wassersuppe : bouillon donné aux détenus.

Remerciements

Je tiens à remercier particulièrement Nedo Fiano, qui a survécu à Auschwitz. Il a eu la patience de m'expliquer en quoi consistait réellement la vie dans le camp, et la bienveillance de lire ce livre. Je remercie également Paola Caccianiga, comme toujours irremplaçable dans la phase de restructuration de la trame et la construction des personnages. Merci à Vicki, pour m'avoir soutenu de toutes ses forces dans ce projet, qui semblait au départ incertain. Et merci à Rossella, critique impitoyable mais, précisément pour cette raison, fort précieuse.

Pour rédiger ce roman, je me suis abondamment documenté, mais il est possible, probable même, que quelque élément inexact, superficiel ou erroné s'y soit glissé. J'espère que personne ne s'en offensera et, le cas échéant, j'en demande pardon. Comme unique justification, je peux affirmer que j'ai abordé le thème d'Auschwitz avec le respect révérencieux que mérite la plus grande tragédie de l'histoire de l'homme.

Composition :
Soft Office – 5 rue Irène Joliot-Curie – 38320 Eybens

Achevé d'imprimer par N.I.I.A.G.
en septembre 2011
pour le compte de France Loisirs, Paris

N° d'éditeur : 65477
Dépôt légal : août 2011
Imprime en Italie